“俄罗斯文学译丛”系
“金色俄罗斯丛书”平装版

动物园
第三工厂

Zoo, или Письма не о любви, или Третья Элоиза
Третья фабрика

[俄] 什克洛夫斯基 / 著
赵晓彬　郑艳红 / 译

四川人民出版社

图书在版编目（CIP）数据

动物园·第三工厂/（俄罗斯）什克洛夫斯基著；赵晓彬，郑艳红译．—成都：四川人民出版社，2021.8
（俄罗斯文学译丛）
ISBN 978-7-220-12318-4

Ⅰ.①动… Ⅱ.①什…②赵…③郑… Ⅲ.①传记文学—作品集—俄罗斯—现代 Ⅳ.①I512.55

中国版本图书馆CIP数据核字（2021）第105619号

DONGWUYUAN·DISAN GONGCHANG
动物园·第三工厂

（俄）什克洛夫斯基 著
赵晓彬 郑艳红 译

策划组稿	黄立新 张春晓
责任编辑	何红烈
装帧设计	张迪茗
责任印制	祝 健
出版发行	四川人民出版社（成都槐树街2号）
网 址	http://www.scpph.com
E-mail	scrmcbs@sina.com
新浪微博	@四川人民出版社
微信公众号	四川人民出版社
发行部业务电话	（028）86259624 86259453
防盗版举报电话	（028）86259624
照 排	四川胜翔数码印务设计有限公司
印 刷	成都国图广告印务有限公司
成品尺寸	140mm×203mm
印 张	9
字 数	190千
版 次	2021年8月第1版
印 次	2021年8月第1次印刷
书 号	ISBN 978-7-220-12318-4
定 价	49.80元

金色的“林中空地”（总序）

汪剑钊

2014年2月7日至23日，第二十二届冬奥会在俄罗斯的索契落下帷幕，但其中一些场景却不断在我的脑海回旋。我不是一个体育迷，也无意对其中的各项赛事评头论足。不过，这次冬奥会的开幕式与闭幕式上出色的文艺表演给我留下了深刻的印象，迄今仍然为之感叹不已。它们印证了一个民族对自身文化由衷的热爱和自觉的传承。前后两场典仪上所蕴含的丰厚的人文精髓是不能不让所有观者为之瞩目的。它们再次证明，俄罗斯人之所以能在世界上赢得足够的尊重，并不是凭借自己的快马与军刀，也不是凭借强大的海军或空军，更不是所谓的先进核武器和航母，而是他们在文化和科技上的卓越贡献。正是这些劳动成果擦亮了世界人民的眼睛，引燃了人们眸子里的惊奇。我们知道，武力带给人们的只有恐惧，而文化却值得给予永远的珍爱与敬重。

众所周知，《战争与和平》是俄罗斯文学的巨擘托尔斯泰所著的一部史诗性小说。小说的开篇便是沙皇的宫廷女官安娜·帕夫洛夫娜家的舞会，这是介绍叙事艺术时经常被提到的一个经典性例子。借助这段描写，托尔斯泰以他的天才之笔将小说中的重要人物一一拈出，为以后的宏大叙事嵌入了一根强劲的楔子。2014 年 2 月 7 日晚，该届冬奥会开幕式的表演以芭蕾舞的形式再现了这一场景，令我们重温了“战争”前夜的“和平”魅力(我觉得，就一定程度上说，体育竞技堪称是一种和平方式的模拟性战争)。有意思的是，在各国健儿经过数十天的激烈争夺以后，2 月 23 日，闭幕式让体育与文化有了再一次的亲密拥抱。总导演康斯坦丁·恩斯特希望“挑选一些对于世界有影响力的俄罗斯文化，那也是世界文化遗产的一部分”。于是，他请出了在俄罗斯文学史上引以为傲的一部分重量级人物：伴随拉赫玛尼诺夫第二钢琴协奏曲的演奏，普希金、果戈理、屠格涅夫、托尔斯泰、陀思妥耶夫斯基、契诃夫、马雅可夫斯基、阿赫玛托娃、茨维塔耶娃、布尔加科夫、索尔仁尼琴、布罗茨基等经典作家和诗人在冰层上一一复活，与现代人进行了一场超越时空的精神对话。他们留下的文化遗产像雪片似的飘入了每个人的内心，滋润着后来者的灵魂。

美裔英国诗人 T. S. 艾略特在《诗的作用和批评的作用》一文中说：“一个不再关心其文学传承的民族就会变得野蛮；一个民族如果停止了生产文学，它的思想和感受力就会止步不前。一个民族的诗歌代表了它的意识的最高点，代表了它最强大的力量，也代表了它最为纤细敏锐的感受力。”在世界各民族中，俄罗斯堪称最为关心自己“文学传承”的一个民族，而它辽阔的地理特征则为自己的文学生态提供了一大片培植经典的金色的“林中空地”。迄今，在这片土地上生根发芽并长成参天大树的作家与作品已不计其数。除上述提及的文学巨匠以外，19 世纪的茹科夫斯基、巴拉廷斯基、莱蒙托夫、丘特切夫、别林斯基、赫尔岑、费特等，20 世纪的高尔基、勃洛克、安德列耶夫、什克洛夫斯基、普宁、索洛古勃、吉皮乌斯、苔菲、阿尔志跋绥夫、列米佐夫、什梅廖夫、波普拉夫斯基、哈尔姆斯等，均以自己的创造性劳动进入了经典的行列，向世界展示了俄罗斯奇异的美与力量。

中国与俄罗斯是两个巨人式的邻国，相似的文化传统、相似的历史沿革、相似的地理特征、相似的社会结构和民族特性，为它们的交往搭建了一个开阔的平台。早在 1932 年，鲁迅先生就为这种友谊写下一篇“贺词”——《祝中俄文字之交》，指出中国新文学所受的“启发”，将其看作自己的“导师”和“朋友”。20 世纪 50 年代，由于意识形态的接近，中国与俄国在文化交流上曾出现过一个“蜜月期”，在那个特定的时代，俄罗斯文学几乎就是外国文学的一个代名词。俄罗斯文学史上的一些名著，如《叶甫盖尼·奥涅金》《死魂灵》《贵族之家》《猎人笔记》《战争与和平》《复活》《罪与罚》《第六病室》《丽人吟》《日瓦戈医生》《安魂曲》《没有主人公的叙事诗》《静静的顿河》《带星星的火车票》《林中水滴》《金蔷薇》和《钢铁是怎样炼成的》等，都曾经是坊间耳熟能详的书名，有不少读者甚至能大段大段背诵其中精彩的章节。在一定程度上，我们可以说，翻译成中文的俄罗斯文学作品已构成了中国新文学的一个重要组成部分，成为现代汉语中的经典文本，就像已广为流传的歌曲《莫斯科郊外的晚上》《三套车》《喀秋莎》《山楂树》等一样，后者似乎已理所当然地成为中国的民歌。迄今，它们仍在闪烁金子般的光芒。

不过，作为一座富矿，俄罗斯文学在中文中所显露的仅是冰山一角，大量的宝藏仍在我们有限的视阈之外。其中，赫尔岑的人性，丘特切夫的智慧，费特的唯美，洛赫维茨卡娅的激情，索洛古勃与阿尔志跋绥夫在绝望中的希望，苔菲与阿维尔琴科的幽默，什克洛夫斯基的精致，波普拉夫斯基的超现实，哈尔姆斯的怪诞，等等，大多还停留在文学史上的地图式导游。为此，作为某种传承，也是出自传播和介绍的责任，我们编选和翻译了这套《金色俄罗斯》丛书，其目的是进一步挖掘那些依然静卧在俄罗斯文化沃土中的金锭。可以说，被选入本丛书的均是经过了淘洗和淬炼的经典文本，它们都配得上"金色"的荣誉。

行文至此，我们有必要就"经典"的概念略做一点说明。在汉语中，"经典"一词最早出现于《汉书·孙宝传》："周公上圣，召公大贤。尚犹有不相说，著于经典，两不相损。"汉朝是华夏民族展示凝聚力的重要朝代，当时的统治者不仅实现了政治上的统一，而且也希望在文化上设立标杆与范型，亟盼对前代思想交流上的混乱与文化积累上的泥沙俱下状态进行一番清理与厘定。客观地说，它取得了一定的成效，虽说也因此带来了"罢黜百家"的重大弊端。就文学而言，此前通称的《诗三百》也恰恰在那时完成了经典化的过程，被确定为后世一直崇奉的《诗经》。关于"经典"的含义，唐代的刘知几在《史通·叙事》中有过一个初步的解释："自圣贤述作，是曰经典。"这里，他将圣人与前贤的文字著述纳入经典的范畴，实际是一种互证的做法。因为，历史上那些圣人贤达恰恰是因为他们杰出的言说才获得自己的荣名的。

那么，从现代的角度来看，什么是经典呢？商务印书馆出版的《现代汉语词典》给出了这样的释义：1. 指传统的具有权威性的著作：博览经典。2. 泛指各宗教宣扬教义的根本性著作。不同于词典的抽象与枯涩，意大利著名作家卡尔维诺归纳出了十四条非常感性的定义，其中最为人称道的是其中两条：其一，一部经典作品是一本每次重读都像初读那样带来发现的书；一部经典作品是一本即使我们初读也好像是在重温的书。其二，经典作品是一些产生某种特殊影响的书，它们要么自己以遗忘的方式给我们的想象力打下印记，要么乔装成个人或集体的无意识隐藏在深层记忆中。参照上述定义，我们觉得，经典就是经受住了历史与时间的考验而得以流传的文化结晶，表现为文字或其他传媒方式，在某个领域或范围具有一定的权威性和典范性，可以成为某个民族，甚或整个人类的精神生产的象征与标识。换一个说法，每一部经典都是对时间之流逝的一次成功阻击。经典的诞生与存在可以让时间静止下来，打开又一扇大门，带你进入崭新的世界，为虚幻的人生提供另一种真实。

或许，我们所面临的时代确实如卡尔维诺所说："读经典作品似乎与我们的生活步调不一致，我们的生活步调无法忍受把大段大段的时间或空间让给人本主义者的悠闲；也与我们文化中的精英主义不一致，这种精英主义永远也制订不出一份经典作品的目录来配合我们的时代。"那么，正如沙漠对水的渴望一样，在漠视经典的时代，我们还是要高举经典的大纛，并且以卡尔维诺的另一段话镌刻其上："现在可以做的，就是让我们每个人都发明我们理想的经典藏书室；而我想说，其中一半应该包括我们读过并对我们有所裨益的书，另一些应该是我们打算读并假设对我们有所裨益的书。我们还应该把一部分空间让给意外之书和偶然发现之书。"

愿《金色俄罗斯》能走进你的藏书室，走进你的精神生活，走进你的内心！

中译版序[1]

加·罗·罗曼诺娃　文
赵晓彬　译

维·鲍·什克洛夫斯基（1893—1984）是俄国著名的文艺学家，20世纪20年代形式主义创始人之一。在中国，什氏的学术著作《散文理论》的译本早已出版，现在译者们又着手翻译什氏的文学作品。2014年，敦煌文艺出版社首次出版了什克洛夫斯基的散文小说《感伤的旅行》。现在，四川人民出版社又要出版他的《动物园》《第三工厂》和《马可·波罗》等作品。翻译工作是由哈尔滨师范大学教授赵晓彬博士带领哈师大俄罗斯文化艺术研究中心成员、文艺学研究工作者们完成的。

毋庸讳言，什氏艺术小说的翻译者们所面临的任务是十分艰巨的。如何用中文等效地传达作者富有隐喻性、联想性的小说？如何

1　本文作者为俄罗斯语文学博士。

兼顾复杂的间文本，词译者既要创建翻译文本（话语秩序），还要将其置于上下文来传达言外之意？如何才不会超越体裁界限？在我看来，翻译者们出色地完成了这些任务！

俄国文艺学者倾向于把什氏《感伤的旅行》《动物园》《第三工厂》三部作品统称为“自传三部曲”。作者本人在阐述自己生活、以第一人称进行叙述的时候，似乎已提供了这样的线索：即《感伤的旅行》（1923）中所呈现的作者个人在一战、二月革命、科尔尼洛夫暴动、内战和侨居时期的历程。“我描写革命的小说是极其不幸的”——什氏 1922 年给高尔基的信中如是说。而《动物园，或不谈爱情的信札，或第三个爱洛伊丝》（1923）则体现了作者的“侨居罗曼史”。根据什氏的观点，柏林时期的体验对于他来说同样也是不顺利的，所以他才争取回归俄罗斯的许可，强调自己与柏林的格格不入。这种感受在最后一封信——宣布回到苏共中央的政治性色彩的信件中达到高潮。对于他来说，必须要鲜明地表达自己新的政治取向——这就是为新俄国而工作。但是，在苏联，什氏感到的却是“时代的排挤”，在创作中他经历了如此之排挤，他用伊索式语言——隐晦的语言，在《第三工厂》里这样表述过。然而，细读什氏作品可以发现，仅把他的作品归为自传体裁似乎是有争议的。这一事实，在 20 世纪 20 年代中期俄国侨民文学界已被首次阐述。当时的批评界已注意到什氏在艺术小说中率先对文学进行新的实验性思考，即艺术与理论被加以整合。其实，在 20 和 21 世纪之交的文艺学中已出现过“语文体小说”“元小说叙事”的术语。什氏的三部作品毫无疑问是这一新型体裁——“交叉”体裁的肇始。这一事实，也没有被中国的什氏翻译者置于视野之外。比如，在着手翻译《第三工厂》——作家最复杂的一部作品以及其他作品之际，中国学者赵晓彬教授及其带领的其他翻译工作者，就不仅钻研了作者的创作背景、社会历史和文化背景，而且还分析了什氏艺术小说中极其复杂的“链接的迷宫”。

首先，不能不引起关注的就是什氏所有小说的标题。《感伤的旅行》很明显是有其文学渊源的——这是 18 世纪英国劳伦斯·斯特恩的同名作品。英国作家的小说，其中包括《感伤的旅行》，曾打破启蒙时期形成的英国小说传统，尽管这一传统什氏接受起来是较为容易的。这一破除波及文本的最深处：结构和风格。在“内在机制”（斯特恩这样称谓结构）里，吸引什氏的是情节“进退”发展：即借助作者的各种插笔打破事件的渐进发展原则。

而当我们阅读什氏同名小说时不也是如此吗？譬如，作者对小说体裁的界定——“1917—1922 年间的回忆录”就是一个虚拟的想法。循序渐进的叙述，被各种插笔、夹杂着关于波斯、彼得堡、哈尔科夫居民的插入片段频繁地打破。作者在参与一些暴风雨式事件[1]的同时，并没有忘记写作文学评论文章，这些都呈现在专门写勃洛克及其葬礼、斯特恩等章节里。

什氏特别强调其塑造自传主人公形象的文学性。在一些片段里，讲故事人的历史，象征并转化为“当代人”、“勃洛克时代见证人”的历史。但作者却动辄使读者回到维克多·什克洛夫斯基——作家和文学批评家的真实身份上来。这一点恰好可以解释文本中提到的作

1　彼得格勒的二月革命，什氏是临时政府的政委，被授予乔治十字勋章；内战，作为爆破手的设计师，在红军服役，受到被捕的威胁后越过芬兰逃离俄罗斯。

者的文艺学研究，甚至一系列的研究片段。在《感伤的旅行》统一的文本空间里，什氏试图对各种体裁进行整合，对冒险的和具有纪实性的日常家庭小说元素，对书信片段和文学札记，对公务文献概要和学术文章报告纲要等进行了链接。

小说结尾具有开放的文学性，它在互文性游戏中建构而成，并夹杂着文选似的引文："该结束这本书了……哎，别人家的面包是苦涩的，别人家的楼梯是陡峭的！……捷克的九磅糖也是苦涩的，我的炉筒裂缝中冒出的烟是苦涩的。这是失望的烟雾，但是最陡峭最苦涩的还是柏林的木楼梯。"什氏对但丁《神曲》的语句进行戏仿，在提到彼得格勒楼梯和被放逐到柏林的楼梯时，续说着但丁的话语，并从格里鲍耶陀夫的"祖国的炊烟"转到彼得格勒房间里的失望之烟雾。用他的话说，正像但丁笔下的面包一样，捷克的糖及柏林的维也纳肉饼也是苦涩的。这样一来，什氏的《感伤的旅行》就是一种有意识的保留有斯特恩《感伤的旅行》影响的文学实验。

而在全称为《动物园，或不谈爱情的信札，或第三个爱洛伊丝》一书中则链接着三个完整的、有着自己故事的标题。以"第三个爱洛伊丝"这一较为文学性的标题为伊始。如果说到第三个爱洛伊丝，那之前肯定会有第一和第二个爱洛伊丝。第一个爱洛伊丝来源于中世纪，与法国大学里的哲学家皮埃尔·阿伯拉尔相关。他不仅作为学者而且作为不幸的钟情于爱洛伊丝的人（姑娘的父亲拆散了相爱的人）而闻名遐迩。阿伯拉尔和爱洛伊丝成为悲剧式爱情的象征。第二个爱洛伊丝形象——《新爱洛伊丝》属于法国作家和哲学家，创作感伤主义书信体小说的让·雅克·卢梭。朱莉（嫁给了沃尔玛）

和圣普乐的故事，也出自于永恒的主题类型。第三个爱洛伊丝——这就是艾丽雅·特里奥莱，著名的莉莉娅·布里克的妹妹，后来的法国著名女作家（她着手写作乃得力于高尔基对她的文风的关注）。而在现代的柏林小说中义无反顾地爱上她的则是男主人公——作者自己。这样一来，带有小说作者名字的男主人公就与文化史有着并列现象：他和阿伯拉尔，他和圣普乐。从第二个标题来看，什氏的小说也是书信体小说。艾丽雅（这样称谓她）禁止男主人公写信，信中他向她坦白自己的感情。但男主人公的信——不能谈爱情。那么谈什么呢？下面我们就进入第一个标题——“Zoo”。在柏林是这样称动物园的。不过，什氏笔下有自己的动物园——人类的，确切地说，是文学家的。

作家在小说里塑造了 20 世纪 20 年代人们所熟悉的一些诗人的肖像：赫列勃尼克夫像一个大鸟，不希望别人看他。他坐在那儿宛如一个耷拉着翅膀的鸟儿：“我说的这个人，身上有一种激情，是指在宅院里，而不是别墅里。他在房间一角里躺着，身上系着皮箱，一阵旋风似的。他就是安德烈·别雷。”“马丽娜·茨维塔耶娃说，帕斯捷尔纳克同时像阿拉伯人和马。他总是向前奔跑着，却不歇斯底里，而是拽着，像一匹强劲的热血沸腾的马……他对运动有感觉，他的诗歌有自己的引力，其诗行就像钢条似的互相牵引却不移位，就像火车被刹住时车厢之间彼此碰撞一样。”

维·什克洛夫斯基本人既是作家也是理论家，他在解释着自己与同时代同行们对于文学车间的关系。他的评价千差万别：既有冷嘲热讽，也有幽默、尊重。“伊利亚·爱伦堡在柏林街道上走着，就像走在巴黎和其他城市一样，那里也有弯着腰仿佛在地上寻找丢失了什么的俄侨……他有三个职业：1. 抽烟；2. 是一个怀疑主义者，出入咖啡厅并发表‘作品’；3. 撰写了‘胡里奥·胡列尼多’”；“列米佐夫按照俄国共济会的形式想出猴子勋章。[1] 其中还有勃洛克，现在库兹明还要担任伟大而自由的猴子议院的音乐家”；“写书不要因循守旧。别雷知道这一点，罗赞诺夫也很好地知道，如果无须思考合题……高尔基也明白，短尾巴猴子的我也明白这一点”。借助这些作家的艺术经验，什氏创作了新的小说类型——实验性的语文体小说。

《第三工厂》的标题具有隐喻意义，对于中国译者也是显而易见的。从“工厂加工‘材料’”这一表述可以产生“生活工厂”“生活锻造人”的隐喻。为了再现自己的构思，什氏选取贯穿全书的一个隐喻——“生活工厂”。作者把自己本人的生活作为研究材料。三座工厂，这是人格形成及发展的三个最重要的阶段：第一工厂——家、亲人、学校；第二工厂——奥波亚兹文学小组；第三工厂——电影制片厂及“形式主义学派”。所以，工厂的隐喻，引发对人的生活形象的再现，(车间）手艺使人成为作家。

《第三工厂》的结构是理解其体裁特色的途径。如果说前两个部分是回忆录——回忆自己的亲人、同人的话，那么第三部分结构上并不是单一的：伴随着回忆（不是很多的）是写给“车间”同行的信件；维·鲍·什克洛夫斯基呈现了自己与 P. O. 雅可布逊、

1 列米佐夫擅于给人取外号，1908 年他曾成立了猿猴大议院，简称猿议院，并给人颁发《猿猴桂冠证书》——译者注。

Ю. Н. 迪尼亚诺夫、Б. М. 艾亨鲍姆、Л. П. 雅库宾斯基的通信片段，实际上从中建构着奥波亚兹作为联结科学和文学的统一体的完整的复兴纲领。信件——这只是一种形式，信件的内容传达的则是作者的学术思想，这又可谓学术性文本。这就得以提出一个问题：第三部分是实验小说。甚至在前两部分，在保持主导因素的自传里也有一些语文性注释，既有随笔也有理论插笔。这就产生一种效果：作者在读者面前以各种各样的材料构建一种自己的书。

在《第三工厂》的结构里译者需要转达独特的构造。这一点用另一种语言是很难做到的，因为什氏的"话语制品"是富有联想的，在将此书"链接"为一个完整的统一体之前，首先要将它们加以拆分。在《第三工厂》的布局中，在动态的情节结构中，译者可以发现三个构成作品母题的核心形象。

声音母题，对于文艺学家什氏来说，不仅与"作者在文学中的声音"的重要理论问题有关，而且还与"艺术家与权力"，更确切地说，与"个性与极权国家"的社会历史问题相联系。什氏宣称了作家"用自己的声音说话，要明白他的声音"的权利。作者指出，"他在用因沉默而变得沙哑的声音说话"。这种矛盾修饰法暗示，不允许作家直言，所以为了不撒谎，不背叛自己的信仰，他迫不得已地沉默或者"无法用自己的声音说话"（暗示作家和作为理论家的语文学者什氏的写作手艺并非遵循使命，而是为了写电影剧本而已）。作家确信，"一旦被排挤，我们这里就只有一种声音"。在本书的上下文中，"排挤"一词具有社会色彩：被认罪，被屈服。俄国文艺学界认为《第三工厂》的主题是时代的"排挤"并非偶然。如果对作家"排挤”，那么他的声音就会由于疼痛而失声喊叫。什氏确信，关于生活需要“用自己的声音”说话，他所思考的是艺术家的创作自由。什氏坚持不懈地希望保持文学的独立性、保持自己在文学中的面貌这一观点，在后来一代代创作者和读者确立文学自觉过程中起到了巨大作用。

另一个母题是个人命运的母题，这是借助“摊晾场上的亚麻”隐喻来转达的：“我们是摊晾场上的亚麻。晾晒亚麻的场地，可以这样称呼。”在读者意识中作者将两类形象序列结合起来：第一类是亚麻，第二类是作者的自由。什氏在塑造第一序列形象之际，运用人格化/拟人法：“亚麻：如果他会发声的话，在被加工时就会喊叫。他是被连根从地里拔出来的。……亚麻需要挤压。……然后亚麻被揉搓、击打。”在此，没有转折地出现了第二类形象序列：“我想自由。”读者在意识中会富有联想地将“压迫和自由”这对反义词组合在一起。于是，什氏的读者可以得出结论：没有内心的自由（艺术自由）就没有外在的自由（社会自由）。那么，美学问题就会转化为社会道德问题。但作者持什么立场呢？什氏写道：“亚麻不会在揉麻机里喊叫”，即在苏联社会活动中作者更倾向于沉默。

隐喻“摊晾场上的亚麻”不仅适用于作者自己，也适用于马雅可夫斯基。什氏称诗人是高级亚麻。在那个时代，马雅可夫斯基就像亚麻，“报纸上打压他，用开水泼他，折磨他，在讽刺杂志上挖苦他”。根据作者的观点：人们丝毫不怀疑“其纤维的结实度”。摊晾场上的亚麻——这是未经加工的材料，工厂里的原材料、半成品。在小说上下文中，该词具有隐喻和讽刺意义。“半成品”可以表示尚未完成教育的学生、刚刚接受生活锻炼的人，但它也可能表达的是一个没有成长起来的年轻作家。如果再考虑“摊晾场”一词的另一意义，则还可能解释为：“大号桌子”——即大桌子。书桌——这是作家或诗人创作中的经典象征。难怪什氏将托尔斯泰关于现象和本质、幻想和现实的思考写入《第三工厂》中。

第三个母题“生活是游戏”以各种变体（生活是剧本，生活是电影）贯穿于《第三工厂》全书，从情节结构上构成该书统一体。例如“生活是书”的母题，在《茹可夫斯基》一章中被加上一个可视的换喻标志的插图；在42号公寓这里，曾经住过俄罗斯文学史上一个名人之家。什氏回忆道：“有人打开门。这不是门，而是书的封皮。我打开这本被称之为‘奥斯播·布里克和莉莉娅·布里克生活史’的书。在这本书的一些章节中还提及了我的名字。……第一页写的是布里克”。“生活是书”的母题，在什氏的作品里变成“生活之书”的隐喻，并与个人命运的母题“摊晾场上的亚麻”相对接。作者得出结论：“我的个人命运没写进书中。它在童年时就已结束。生活被吹散在缝隙中。……希望躺在摊晾场上。”《第三工厂》结构中有一个重要原则就是各章的连接。什氏选取蒙太奇——电影艺术中惯用的原则；蒙太奇——电影镜头的对接、片段的黏合。什氏笔下的蒙太奇具有连接主题、隐喻和联想的功能。

还要提及的就是此书翻译者所面对的一个难处：这就是构成什氏主要风格特点的比喻。作者经常塑造扩展性的比喻画面，比如，其中一章将沉默的作者比喻为紧张地使介壳互相靠近的牡蛎。什氏感觉自己像33岁的疼痛的介壳，知道“介壳上用力的沉重”。作者暗示，沉默的作家已经麻木，生活抛弃了他，而这本不该发生，因为文学——这是话语的艺术。该章最后以作者对生活的呼吁而结束："打开介壳后，我想同你一起发声。生活啊，你看着我的脸。"

什氏的实验性小说当然是需要阐释的。而赵晓彬教授展现出一位文艺学工作者的渊博学识，不仅胜任了《第三工厂》的翻译工作，而且还对文本进行了学术阐释。我们可以说，哈尔滨师范大学俄罗斯文化艺术研究中心翻译团队从技术上掌握了翻译的基本原则，如果用基督教作家、神学家耶柔米早在 4 世纪时的话语表达就是："……我不是逐句逐字地而是用思想来表达思想。"只有这样而不是别样，才能把什氏这样复杂的、富有隐喻和联想的艺术小说翻译成中文。

2015 年，哈巴罗夫斯克

目　录
Contents

动物园，
或不谈爱情的信札，
或第三个爱洛伊丝

第一版作者序

这本小书采用了如下的写作手法。

首先，我打算列举一系列柏林的俄国风貌，然后将此与某些社会主题联系起来，进而揭示其趣味性。我以“动物园”作为此书的题目，但内容却与此无关。我打算写书信体小说之类的东西。

创作书信体小说必须要有动机，即人们为什么要通信。通常，通信是因为爱和离别。我的动机则在于其特殊的情况：即单相思的男士给不爱他的女士的通信。由于这本书的主要素材不是爱情，所以我不能谈爱，这在副标题《不谈爱情的信札》中已经体现了出来，为此我需要一些新的细节。

在着手写作此书时，需要弄清创作素材之间的关系：即爱情抒情和描写。我顺从命运的安排，忠实于素材，采用比较手法将所有现象联系起来，结果是，所有的描写都被当成爱的隐喻。

这是色情文学常用的手法：否定真实，肯定隐喻。请参照《约言的故事》。[1]

1923 年 3 月 5 日于柏林

1 《约言的故事》，俄罗斯最著名、最全的民间故事汇编（内容多是色情的），由阿法纳西耶夫（1826—1971）搜集整理成集，大约在 1867 年最先在日内瓦出版。

第二版作者序

你对我来说，已成过去。

你是柏林大街早上的人行道。

你是洒满白色苹果花瓣的集贸市场。

你是插在集贸市场长条桌上水桶里的苹果树枝。

你是夏末的长枝玫瑰——藤本月季。

你是菩提树大街[1]花店里的兰花，但我从来没买过。因为我太穷。我用买面包的钱，买了玫瑰。

心早已远去。我只是遗憾过去：一个人的过去。

我把他（以前的自己）置于这本书中，就如在以前的故事中，人们把犯错的海员放在无人岛上一样。[2]

就让犯错的人在这里生活吧：这里充满温暖。我不能再教你了。

1　菩提树大街，德国首都柏林的中心街道。

2　这是指发生在英国 18 世纪亚历山大·塞尔柯克——一个苏格兰水手身上的故事。1704 年 9 月，他与船长发生争吵，被遗弃在南美洲大西洋中，在离智利 400 英里之遥的安·菲南德岛上生活了四年多，后被途经这里的伍兹·罗杰斯船长所救。英国著名作家丹尼尔·笛福以塞尔柯克的故事为蓝本，创作了著名的小说《鲁滨孙漂流记》。

请坐下来，看一看晚霞吧。第一版里没有出版的信，实际上是你写的，但那时你没有寄出这些信件。

1924 年于列宁格勒

第三版作者序

我七十岁了。我的心就摆在我的面前[1]。

它在思维方式上已经未老先衰。

创作这本书时我的思想有所偏差，现在我要理直它。

朋友的死亡、战争、争论都影响了我的心灵。

错误、委屈、出尽洋相。终究还是老了。

不知你到过哪些地方，不认识你交的新朋友，也没见过你家面粉厂旁边的古树，这让我感觉很轻松。

记忆的圆圈[2]逐渐散开。圆圈达到了石岸。过去不存在了。

圆圈——爱情的戒指，来到岸边。[3]

我不会再坐在海边，不会再期待晴天，不会再召唤我的带金色

1 作者采用了隐喻的手法，在这里“心”指的就是书。

2 作者采用了隐喻的手法，是指将石头投入水中激起的层层波纹。

3 这里采用了隐喻的手法，水中荡起的层层波纹逐渐散开交织，就好像相恋的人互相交换戒指。

斑点的小鱼。[1]

我再不会夜里坐在海边，不会再用我的旧咖色毡帽舀水。

也不会再说：大海，请赐我点光环吧。

我已经等到了深夜，天空中所有的星星都莫名其妙地消失了。

只有金星[2]，在傍晚和清晨又回到了天空。我相信爱情：我爱上了别人。

早晨，当能够分出白线和蓝线的时刻，我就说了一个词——爱。

当晨曦微露。

早晨之歌是没有尽头的，离去的只是我们。

翱翔在书的海洋，就如同游走于水中，每次心灵的转变都凝聚着过去多少被我们称之为抒情的血汗与尊严。

1963 年于莫斯科

附言：几十年来，艾丽雅[3]已经是一名以散文和诗歌著称的法国女作家。

艾丽雅死了，而我已经 80 岁了，我还没有见过她的墓碑。

---

1 “我不会再坐在海边，不会再期待晴天”是俄语固定表达“海边坐等好天气”的迂回说法；“我不会再坐在海边，不会再期待晴天，不会再召唤我的带金色斑点的小鱼”喻指普希金的童话《渔夫和金鱼的故事》。

2 金星，在傍晚或清晨出现在天空，中国古人称金星为“太白”或“太白金星”，也称“启明”或“长庚”。清晨时出现在东方天空，为“启明”；傍晚时出现在西方天空，为“长庚”。古希腊神话中称其为阿弗洛狄忒，是爱和美的女神。

3 艾丽雅·特里奥莱，法国著名女作家，著名女作家莉莉娅·布里克的妹妹，什克洛夫斯基小说中的女主人公。

第四版作者序

一个人游走于冰上，周围雾气环绕。他觉得，他在往前走。风驱散了雾：他看见了终点，看见了自己的足迹。

事实上——冰在游动和翻转：脚印混淆成一团，他迷路了。

我想诚实地生活，因此决定不再逃避困难，但却弄乱了自己的道路。因错误迷路乱走，无意中闯入了柏林俄侨界。

我在著作《感伤的旅行》中梳理了这段历史，这本书出版两次，现在不再重版。

所有这一切都发生在 1922 年，在国外我很苦恼：经高尔基和马雅可夫斯基一年的奔走我得以成功回国。

大家现在读的这本书写于柏林，现在它已经是第四次出版。

1965 年

卷首题词

动物园[1]

啊，花园，花园！

在这里，铁像父亲，提醒儿子们兄弟情深，不要相互残杀。

在这里，德国人去喝啤酒。

而美人儿去出卖肉体。

在这里，鹰群一动不动地坐着，他们似乎将这一刻定格成永恒，夜晚永不会降临。

在这里，骆驼知晓佛教的奥秘，并不再表现出中国式的扭扭捏捏。

在这里，鹿担惊受怕，心事重重。

在这里，人们衣着华丽。

在这里，德国人身强力壮。

在这里，天鹅眼神阴郁，浑身冰冷如冬，而嘴角则像秋天的小

---

1 引自俄国未来派诗人赫列勃尼科夫（1885—1922）诗歌《动物园》，摘自作品集《第一法官花园》，什克洛夫斯基标注的出版日期不准确，应是 1910 年 4 月。

树林，生来有些小心翼翼。

在这里，“一抹漂亮的蓝”[1] 低垂着尾翎，像极了西伯利亚的“帕夫斯金之石”[2] 山脉，森林中绿地与烧荒过的地方纵横交错，散着金色，还夹杂着云朵投影下的斑驳蓝色带。这一切在山的连绵起伏的衬托下显得如此千姿百态。

在这里，猴子生气的方式多样，经常将“躯干的末端”[3] 露出来。(猴子总是生气)

在这里，大象就像山中发生地震时那样，扭扭捏捏地跟孩子们要吃的，心里认定了老理儿：我饿呀，要是吃点东西就好了。还鞠躬行礼，完全一副乞讨相。

在这里，熊敏捷地爬到高处，俯视低处，等候守门人的口令。

在这里，蝙蝠悬吊着就像当代俄国人悬着的心。

在这里，雄鹰的胸膛让人想起暴风雨来临前夕的卷云。

在这里，“低飞的鸟儿”[4] 在身后拉出一片彩霞，红得似炭火。

在这里，老虎满脸白色胡须，眼睛长得跟中年伊斯兰教徒似的，在这里，我们都读伊斯兰教义，都非常尊敬第一位穆罕默德教徒。

在这里，我们开始思考，信仰宛如时而平息时而澎湃的水波，它是多样的。

世界上之所以有那么多的野兽，是因为他们看见上帝的方式不同。

---

1 这里指的是孔雀。

2 乌拉尔山脉的一段，在俄罗斯的上图里耶和彼尔姆省内。

3 指猴子的臀部。

4 指金野鸡、红野鸡。

在这里，“中午的炮弹射击”[1] 迫使鹰仰望天空，期待着暴风雨的到来。

在这里，鹰群从鹰窝里的栖架落到地上，就像地震时教堂和楼顶的众神雕像落下来一样。

在这里，阵雨过后，鸭子一族开始叫声一致，好像感谢上帝赋予自己双腿和嘴巴。

在这里，银灰色的珠鸡有着喀山种鸡的外形。

在这里，我否认认出马来熊也出身北方，我认为它是藏身的蒙古马。

在这里，狼表示随时准备效忠。

在这里，当你走进鹦鹉污浊闷人的住所，就会听到异口同声的欢迎语“究—哩—辣—克”[2]。

在这里，胖得油光锃亮的海象，挥动着自己光滑油黑的“扇形腿”[3] 在水中游着，仿若一个疲惫的美人，当它再次滚到甲板上时，他肥胖笨重的身体硬毛竖立，前额光滑，就像尼采的头。

在这里，羊驼高高大大，洁白无瑕，眼睛黝黑，水牛则长着扁平的犄角，它们咀嚼食物，如同许多人期盼的天堂——人民民主专政制度下的国家生活一样是左右运动的。

在这里，犀牛长着一双浅红色的眼睛，带着被推翻的沙皇永不平息的愤怒，是所有野兽中不会隐瞒自己蔑视人民、蔑视奴隶起义

---

1 彼得罗巴甫洛夫卡要塞每日例行的信号发射。

2 歪曲词，是“傻瓜”的变体词。

3 指海象的鳍。

中的一个。在他身上隐藏着一个伊凡雷帝。

在这里，海鸥的嘴很长，戴着一副冷蓝色的护目镜，眼睛长得像国际贩子，我们通过技术证明是它们偷走了投掷给海豹的食物。

在这里，我们记得，俄罗斯人会尊称技艺高超的统帅为雄鹰，我们记得，哥萨克人的眼睛和雄鹰一样，我们开始明白，谁才是俄罗斯人的军事之师。

在这里，大象忘记了自己喇叭似的叫声，它发出喊叫，埋怨器官功能的紊乱。或许，它认为我们太微不足道，它认为发出微不足道的声音是优雅品位的标志？我不知道。

在这里，野兽身上的某些优秀才能都消亡了，就像记入《伊戈尔远征记》的日课经一样。

维利米尔·赫列勃尼科夫[1]，

《第一法官花园》，1909 年版。

---

1 象征主义者，伊万诺夫“圈子”成员称其为“维利米尔”，意为“大世界”。

序　言

多少话都不让说呢!

事实上，所有的好话都处于昏睡状态。

鲜花、月亮、眼睛和好多话，好多我们谈到的，我们愿意见到的，都不让说。

而我多么渴望写作，就好像文学从来就不存在。例如，写写《寂静天空下神奇的第聂伯》。

但是我不能写，讽刺会吃掉好话的。讽刺是需要的，它是克服描绘事物困难的最简单方法。

用“滑稽的话语”描绘世界是最容易的。

而现在，正有一轮巨大的圆月照在我的窗户上。

汽车正穿越满树鲜花的丛林，驶向通往德国的漫漫长路，驶向远方。

所有这一切将我与朋友分开，让我与家人远离。

请允许我多愁善感。生活将我带到国外，和我一起做本该它做的事情。

我没有电话，不能给鲍里斯·埃亨巴乌姆打电话。我也没有特尼亚诺夫的电话。他研究更多的是诗歌而非小说。我就一个人。

醉酒的士兵骑在马上醒酒，而一个孤独的人醉酒了却连个依靠都没有。

在柏林，除了伊万·布宁，我没有自己的人。

现在给你讲讲本书的大纲。

一个男人给一个女人写信。

女人禁止他谈论爱情。

他顺从了这一点并且开始和她谈俄罗斯文学。

对于他来说这是引人注目的方法。

于是（在场景之后）又出现了几个情敌。

总共有两个：1. 英国人；2. 耳朵上戴耳环的人。

信由于愤怒而开始枯黄。

在欧洲，俄罗斯男人的行为举止有些可笑，就好像一只浑身长满绒毛的狗待在热带一样。

女人使错误具体化。

错误发生了。

女人经受了打击。

疼痛是现实的。

本书要比这篇序言严肃得多。

但是在本书序言中我很健谈，就像一个女人，说了很多话，就是为了不再说。

作为引言的信

信是写给所有、所有、所有人的。信的主题：物改变人。

假使我有第二套衣服，那么我就从不会知道痛苦的滋味。

回到家里，换好衣服，挺直腰板，这就足以改变自己。

女人们一天要做好几次这样的事情。不管你要对一个女人说什么，你都要马上让她作答；不然她就是去洗个热水浴，再换上连衣裙，于是你需要说的都得从头开始。

她们换完衣服时，甚至会忘记做过的手势。

我强烈地建议你们要让女人快点回答。否则你们会经常因她一句不着边际的话语而不知所措地站在那里。

在女人的生活中几乎没有什么句法逻辑。

男人则因他的手艺职业也在改变。

工具不仅能延伸人的手臂，而且它本身也在人的身上得以延伸。

据说，盲人的触感延伸到他探路用的手杖的末端。

我不是特别怀恋自己的鞋子，但是它毕竟延伸了我，是我身体部分的延续。

因为手杖改变过中学生的形象，故而禁止他使用。

树枝上猴子是真诚的，但是树枝也影响了猴子的心理。

行走在湿滑的冰面上的母牛的心理已经成了俗语[1]。

汽车更可以改变人。

列夫·托尔斯泰在《战争与和平》中讲到，一个胆小、平庸的炮兵图什作战时是如何置身于他那枚大炮所创建的新世界中的。

“由于这种可怕的巨响、喧嚣，需要注意和行动，图什没有体验到丝毫不愉快的恐惧感……相反，他变得越来越快活……”

“由于周围大炮震耳欲聋的声音，由于敌人炮弹的呼啸声、爆炸声，由于炮手们满身是汗，满脸通红地在大炮旁忙碌的情景，由于人们和马儿都在流血的情景，由于敌人方面硝烟弥漫的情景，(每次在硝烟之后，就跟着飞来一颗炮弹，击中阵地、人、大炮或者马)，由于这些景象纷纷呈现，并在他的脑海中形成了一个魔幻的世界，使他在这一刻享受到快乐……他把自己想象成一个体格魁梧、力大无比、用双手将炮弹投向法国人的巨人。”[2]

机枪手和提琴手是他们自己手中工具的延伸。

地下铁路，起重机和汽车是人类的假肢。

我曾经和汽车司机们一起生活了好几年。

司机根据他们驾驶的发动机马力而变化。

马力超过40的马达，就能摧毁旧的道德。

---

1 俗语“像母牛在冰面上行走”常用以形容一个人笨拙、没有信心。

2 见《战争与和平》第一卷，第2部，第20章。

速度将司机与人类分开。

启动发动机，加大油门——你就远离空间，而时间似乎随着速度表的变化而变化。

汽车也能以每小时超 100 千米的速度在公路上行驶。

不过开这种高速度有何用呢?

只有逃犯或追捕逃犯的人才需要这样的速度。

发动机驱使人类走向名副其实的犯罪。

幸运的是，俄国的司机通常是优秀的工作人员。

他沿着如波浪般曲折的道路行驶，于严寒中连汽油都冰手之际，在旷野上修车。但同时司机已不算是一名工人；它是一个孤独的驾车人。

他的汽车使他陶醉，速度使他陶醉，使他超脱生活。

我们不会忘记汽车为革命立下的功勋。

沃伦兵团没有立即决定离开兵营。

俄罗斯兵团通常站立起兵。

十二月党人被就地正法。

沃伦兵团离开军营，但很犹豫。迎面遇到了别的团。

几团相遇并停了下来。

但是人们已经用石头打破了车库的门，工人们驾驶着夺来的汽车、按着喇叭，飞驰进城。

啊，汽车！你们将革命像浪花般引向城里。

革命挂上挡就飞驰起来。

弹簧弯了，挡泥板弯了，汽车在城里到处乱奔，只有两辆车的地方好像有八辆似的。

我喜欢汽车。

那时整个国家都动荡起来了。革命越过了泡沫飞溅时期，徒步走向了前线。

武器让人变得更勇敢。

马将人变成骑兵。

人怎样对待物，物就怎样对待人。

速度要求目的。

万物生长在我们身边，较于两百年前，他们正以十倍百倍的速度增长。

人类拥有这些事物，个人却没有。

为了使汽车不至于在拐弯处将人类抛出生活，需要由个人掌握汽车的秘密，还需要一种新的浪漫主义。

我现在不知所措，因为这条被汽车轮胎磨损的柏油路，这些灯光广告和穿着光鲜的女人——这一切都在改变着我。这里的我已不是从前的我，我在这里似乎已不是一个好人。

谨以此《动物园》献给艾丽雅·特里奥莱，

并以《第三个爱洛伊丝》命名此书。

第一封信[1]

这是一封从柏林寄往莫斯科的信，是一位女士写给她姐姐的。她姐姐很漂亮，有一双炯炯有神的眼睛。此信权当开篇。请听听这位女士平静的声音。

我已经习惯了新宅子的生活。我怀疑，我的女房东是个乐天派，因为她的性格既不凶恶也不挑剔。在我住的这个地方，人们只用德语交谈；不管你打哪儿来，都要从 12 座铁桥下通过。这是一个没有特殊必要没有人来的地方，了解菩提树大街的人是不会在路上闲逛的。

围着我转的仍旧是那几个男人，从没离开过。那个排第三的男人，算是粘到我这了。尽管我知道他很多情，我还是把他视为我最大的一枚勋章。他每天都为我写一两封信，并亲自送来，乖乖地坐在我旁边等着我读完。

1　这是艾丽雅·特里奥莱从柏林写给莫斯科的姐姐莉丽娅·布里克的信。莉丽娅·布里克——奥西普·布里克的妻子，马雅可夫斯基的情人。

那个排第一的男人仍然寄花来，但是很忧郁。那个排第二的男人，就是你轻率地把我托付给他的那个人，仍坚持说他爱我。他要求我把所有不开心的事都告诉他，以回报他对我的爱。真是狡猾的人。

现在汽车的价格涨了五千倍。

虽然这里的生活很平静，我还是怀念在伦敦的生活。怀念那里孤身一人的日子、有节奏的生活、从早到晚的工作、浴盆以及和英俊青年们的共舞。而在这里，我已经远离了这一切。周围太多的痛苦，以至于连一分钟都不能忘记在伦敦的美好。

请尽快给我写信讲讲你的事。吻你，我最亲爱的，漂亮的姐姐，再次谢谢你对我的爱与温情。

艾丽雅

1923 年 2 月 3 日

第二封信

谈谈爱情、嫉妒、电话和爱情的各个阶段。此信以评论俄国人的步态结尾。

亲爱的艾丽雅：

我已经两天没见到你了。

我给你打电话，电话嘟嘟响，我听到了电话正在通话的提示音。

我打通电话了，你说，你白天晚上都有事。

我再次给你写信。我很爱你。

你是我生活的这座城市，你是月份和日子的名称。

我在水里游着，眼里流出沉重苦涩的泪水，我几乎不愿意从水里出来。

似乎，我很快就会沉没，但在那里——在水下，电话不会打来，也不会听到传言，在那里见不到你，我仍将爱你。

我爱你，艾丽雅，而你却把我当成你生命中的踏板。

我的双手冻得冰凉。

我不是在妒忌别人，我是在妒忌你的时间。

我不能看不到你。当爱情不能用任何东西替换时，我该怎么办？

你不知道物体的轻重。所有人在你面前，就像在上帝面前一样，都是平等的。我到底该怎么办？我很爱你。

起初我倾心于你，就如同睡意驱使火车厢里的乘客将头放在邻座的肩上一样。

后来我就对你欣赏不已。

我记着你的嘴，你的唇。

我这一生都在想念你。我确信，你不是别人的人——请你看看我。

我的爱令你害怕；起初，我还是很愉快的，你最喜欢的是我。亲爱的，这是来自俄国的爱。我们俄国人的步态沉重。但在俄国我是硬汉，而在这里我却开始哭泣。

2月4日

第三封信

这是艾丽雅的第二封信。信中艾丽雅请求不要对她谈爱。字里行间充满了倦怠。

亲爱的，不要对我说爱。我不需要，我很累。正如你所说，我就像一匹已经老去的马。生活习惯将我们分开，我现在不爱你将来也不会爱你。我害怕你的爱，你的爱随时都将伤害我。不要埋怨得那样厉害，你对于我来说一直是很亲近的人。请不要吓唬我！你是如此的了解我，而你所做的一切可能会吓到我，推开我。或许，你的爱很强大，但却并非可喜。

我需要你，你能够使我走出自我。

不要对我只谈论你的爱；不要在电话里向我狂吵。不要发怒。你会害了我的一生的。我需要自由，任何人都没有权利向我要求什么。而你要求我给你时间，这很简单，只要不让你陷在爱情里。然而你越来越忧郁，你需要去疗养院，我亲爱的人。

我正躺在床上给你写信，因为昨天去跳舞了。现在我要去洗个澡，或许，今天我们能见面。

艾丽雅

2月5日

第四封信

谈谈寒冷的天气，谈谈彼得[1]的背叛，谈谈韦利米尔·赫列勃尼科夫[2]和他的死亡，谈谈他十字架上的题词。在这里也谈谈赫列勃尼科夫的爱情，谈谈那些不爱他的女人的残酷无情，谈谈钉子、谈谈苦酒和通往爱情之路上构建的整个人类文化。

我将不谈爱情，我将只讲天气。

今天柏林的天气很好。

蔚蓝的天空中，太阳悬于屋顶的上方。阳光直射进马尔粲寄宿公寓[3]，洒满艾亨瓦尔德[4]的房间。

我住在公寓的另一头。

外面天气很好，空气清新。

今年，柏林几乎没下过雪。

---

1 《圣经》中的人物，耶稣十二使徒之一。

2 韦利米尔·赫列勃尼科夫（1885—1922），俄国未来主义流派诗人。

3 马尔粲寄宿公寓，什克洛夫斯基在柏林的住址。

4 尤里·伊萨耶维奇·艾亨瓦尔德（1872—1928），白银时代著名的俄国文艺评论家，1922 年秋被驱逐出俄罗斯。

今天是二月五号……我讲的一切都不涉及爱情。

我现在穿着秋装大衣，如果严寒降临，我就只能把它称为冬装大衣了。

我不喜欢严寒，甚至冷天也不喜欢。

由于寒冷，信徒彼得背弃了基督。夜晚凉意袭人，彼得走到篝火前，那里舆论声一片，仆人们请他讲讲基督的事，而彼得拒绝了。

有只公鸡啼叫了。

巴勒斯坦不是很冷，那里，可能比柏林还要暖和些。

如果那天晚上很暖和，彼得就会留在黑暗中，那只公鸡可能就不会像所有公鸡一样徒劳地啼叫，福音书里也就不会有讽刺之处。

好在基督不是在俄罗斯被钉上十字架的：我们这里是大陆性气候，天气寒冷并伴有暴风雪；耶稣的门徒可能会结队来到十字路口旁的篝火前，可能会排队背叛他。

请原谅我，韦利米尔·赫列勃尼科夫，原谅我在别家出版社的火堆旁取暖[1]，原谅我出版了自己的书，而不是你的书。老师，我们这里是大陆性气候。

狐狸有自己的洞穴，囚犯会得到一个床铺，刀在鞘里过夜，而你却连一个安歇之地也没有。[2]

在你为杂志《拿来》撰写的那篇理想国中[3]，在那些与众不同的

1　“在别家出版社的火堆旁取暖”这句话与高尔基倡议创建杂志《座谈会》有关，是高尔基与什克洛夫斯基争论的原因。

2　喻指福音书里的文本“狐狸有洞穴，鸟儿有巢穴，而人子却没有地方倒头休息”。

3　指赫列勃尼科夫的文章《建议》，此文章刊登在未来派文集《未来派之鼓》中，该文集于 1915 年在彼得堡由什克洛夫斯基和马雅可夫斯基共同编辑出版。

空想中，还有一个空想，即每个人都有权在任何城市里拥有一个房间。

是的，在理想国中说，人应该拥有一座玻璃房间，不过我想，即使是一个普通的房间韦利米尔也会同意要的。

赫列勃尼科夫死了。某个满身灰尘的人在《文学论丛》中用一种消沉的语言谈到了这个“失败者”的故事。[1]

在墓地那座墓碑的十字架上画家米图里奇[2]写道：“韦利米尔·赫列勃尼科夫——地球的主席。”[3]

终于给这位朝圣者找到了房间，它确实不是玻璃的。

韦利米尔，你未必为了再次流浪而复活吧。

在另一个十字架上则写着：“耶稣基督是犹太人之王。”

你很难做到既浪迹草原，又时而当兵，时而在夜里看管仓库，时而半受强迫地参加哈尔科夫意象派吵吵嚷嚷的演讲活动。

请原谅我们吧，为了你自己也为了别人。

原谅我们在别人的火堆旁烤火取暖。

以前人们还以为，赫列勃尼科夫本人也不曾注意自己的生活怎样，不曾注意自己衬衫的袖子已经撕到了肩膀，床板上没铺上床垫，不曾注意到他用来塞枕头的手稿也丢了。但是赫列勃尼科夫临死前

1　这里指的是赫列勃尼科夫死后，批评家戈尔恩费里德写的一篇祭文，刊登在 1922 年第 3 期的《文学论丛》上。

2　彼得·瓦西里耶维奇·米图里奇（1887—1956），苏联画家。

3　1919 年 4 月，赫列勃尼科夫由于长时间的忍饥挨饿，感染了伤寒，1920 年，在意象派诗人的文学晚会上，在叶赛宁的倡议下，以公开隆重的仪式授予赫列勃尼科夫“地球主席”的称号。

却想起了自己的手稿。

他死得很惨，是死于败血症。

他的病床周围布满了鲜花。

附近没有一个医生，只有一名女医生，但他不让她靠近自己。

我想起了一件往事。

事情发生在库奥卡拉[1]，那是一个秋天，当时夜很黑。

那年冬天我经常在一位建筑师[2]家里遇见赫列勃尼科夫。

房子装得很豪华，家具是美纹桦木的，主人的皮肤白皙，留着黑胡子并且头脑聪明。他有一个女儿。赫列勃尼科夫来到这里时，主人读他的诗也能理解他的诗。赫列勃尼科夫像一只生病的鸟，一只极不愿意被所有人注视的病鸟。

他像一只敛起双翼的病鸟那样坐着，穿着一件旧的常礼服，望着主人的女儿。

他常给她带花，给她读自己的作品。

除了《处女神》[3] 外，他否认他读的所有作品都出自他手。

他问她这些作品写得怎么样。

事情就发生在库奥卡拉，正是秋天。

赫列勃尼科夫的住所紧挨着库里宾[4]、伊万·布宁[5]的住所。

---

1 1948 年前列宁格勒州的列宾诺镇的名称。

2 这里指的是建筑师利什涅夫斯基·亚历山大·利沃维奇（1868—1942），赫列勃尼科夫爱上了他的女儿娜杰日塔。

3 赫列勃尼科夫写的剧本，刊登在文集《给社会趣味一记耳光》（1912）中。——原注

4 尼古拉·伊万诺维奇·库里宾（1886—1917），医生，画家，未来派画展的组织者。

5 伊万·布宁·阿利别尔托维奇（1870—1953），俄国画家，在第 15 封信和第 18 封信中也谈到了他。

我到那里，找到了赫列勃尼科夫并告诉他，那姑娘嫁给了一位建筑师——他父亲的助手。

事情就这么简单。

许多人都会遇上如此失意的事。生活就像梳妆盒，被安排得井然有序，但我们并不总能从中找到自己的位置。生活将我们加以比量，当我们倾心于一个不爱我们的人时，生活便会笑出声。这一切简单得就像邮票一样。

海湾里的波浪也很简单。

如今波浪依旧。波浪曾经就像是一块镀锌的铁搓板。人们是用这样的铁搓板来洗衣服。朵朵云彩也曾像是纯毛织成的。赫列勃尼科夫对我说道：

“您知道，她们伤了我吗?”

我知道。

“您说，她们需要什么？这些女人想从我们身上得到什么？她们想要什么？我什么都能做到。我会另辟蹊径重新写作。也许，她们要的是荣誉。”

大海依旧简单。别墅里人们都在睡觉。

关于撤去苦酒的请求[1]我又能说些什么呢?

喝吧，朋友们，喝吧，伟大的朋友和渺小的朋友，请喝下这杯爱的苦酒！在这里谁都不用拿钱，只凭借免费入场券就可以入场。因此变得残酷也很容易，只要不去爱。再说爱情既不懂阿拉米语，

1 “撤去苦酒的请求”出自《圣经》，即福音书里描写的耶稣在客西马尼园的祷告。

也不懂俄语，它就像是用来刺穿打孔的钉子。

鹿在格斗中用的是它的双角，夜莺唱歌不会白费嗓子，但我们所写的书却用不上。这种委屈是无法被治愈的。

留给我们的是受阳光照耀的房子的黄色墙壁、我们的书和通往爱情之路上我们所构建的整个人类文化。

因此，约言也是轻松的。

如果十分痛苦怎么办?

那就将一切置于宇宙中，咬紧牙关，动手写本书吧。

但爱我的女人又在何方?

我在梦中见到了她，我抓着她的手，称她为柳霞[1]，称她为我生活中的蓝眼睛船长，我晕倒在她的脚下，便从梦中醒过来了。

1　什克洛夫斯基的第一个妻子。

第五封信

内容描写阿列克谢·米哈伊洛维奇·列米佐夫[1]和他用瓶子提水上四楼的方法。信中还描写了伟大的猴子国的日常生活和风俗。我还从理论上论述了作为艺术素材的个性因素的作用。

你知道，猴子王阿瑟卡一阿列克谢·列米佐夫又遇到了不愉快的事：他要被赶出寓所了。

一个人想安安静静地生活都不能。

1919 年冬天，列米佐夫住在彼得堡，他住的那栋楼的自来水管冻爆了。

任何遇上这种事的人都可能会惊慌失措。但是列米佐夫却从所有熟人那收集了一些小药瓶、酒瓶以及能找到的各种用途的瓶子。他把它们连成排摆放在房间的地毯上，然后他每次拿两个跑下楼梯去取水。用这种方法提水需要一周才够一日用。

很不方便，但却很快活。

1　列米佐夫（1877—1957），俄罗斯作家。

列米佐夫的生活——他在自己尾巴尖上创建的生活，很不舒适，但却很有趣。

他个子矮小，浓密的头发仿若一只大刺猬的毛一样竖立着。他的背有点驼，嘴唇鲜红，鼻子短而翘，总之一切都仿若故意搭配的。

而整本护照上都写满了猴子的符号。还是在自来水管冻爆之前，列米佐夫就离开了人们——他已经预见到了人是些什么货色——他加入了伟大的猴子民族。

列米佐夫按照俄国共济会的形式构想了猴子国。其中还有勃洛克[1]，现在是库兹明[2]担任伟大自由的猴子议院的乐师，而格尔热宾[3]——猴子汗国的干亲家，在这个国家任职并获得代理公爵的封号，这一切发生在饥荒与战争的时代。

我也参与了猴子国的阴谋，并授予自己"短尾小猴子"的职位。我离开猴子汗国，在去参加驻扎在赫尔松的红军之前，我自己就把尾巴剪掉了。因为你和外国人一样，你的那些箱子也不知道自己的主人是由一个西伯利亚女人——面色红润的司乔莎抚养长大的，还需要告诉你一点：猴子民族有真正的王——获得功勋称号的王。

列米佐夫的妻子——谢拉菲玛·巴甫洛夫娜·列米佐娃——多甫葛拉[4]，是一个很有俄罗斯味、长着一头纯淡褐色的头发、个子又高又大的女人。她出现在柏林，就如同沙皇阿列克谢·米哈伊洛

1　勃洛克（1880—1921），白银时代诗人。

2　库兹明（1875—1936），俄罗斯作家。

3　格尔热宾（1877—1922），20 世纪初俄国出版家。

4　多甫葛拉是列米佐娃（1876—1943）少女时代的姓，她是翻译家，古文学学家。

维奇时代[1]一个黑人出现在莫斯科，她皮肤白皙，非常富有俄罗斯味儿。

列米佐夫本人也叫阿列克谢·米哈伊洛维奇，有一次他对我说：

“《伊万·伊万诺维奇坐在桌旁》这部长篇小说我再也不能动笔写下去了。”

我很尊敬你，所以就只对你说这个秘密。

正像牛会吃光青草那样，文学题材也会被吃光，文学手法也会像衣服那样被穿旧磨损。

作家不是庄稼汉，他是赶着牧群、带着妻子辗转到新草场的游牧人。我们的猴子大军就像吉卜林[2]屋顶上的猫[3]那样生活——“独来独往”。

你们穿着连衣裙，度过一天又一天；你们把杀人、恋爱当成平常。猴子军队不在吃午饭的地方过夜，不在睡过觉的地方喝早茶。他们一直居无定所。

他们的事业就是创造新事物。列米佐夫现在想写一本没有情节，没有人的命运，只是以结构为基础的书。他时而写那本由若干片段组成的书——这是《文字中的俄罗斯》[4] ——这是一本由一些书的片

---

1 即 1629 年至 1676 年阿列克谢·米哈伊洛维奇统治的时期。

2 约瑟夫·鲁德亚德·吉卜林（Джозеф Редьярд Киплинг，1865—1936），英国小说家，诗人。

3 “屋顶上的猫”是吉卜林童话《独自散步的猫》中的形象，苏联著名作家、翻译家科尔涅伊·丘科夫斯基于 1902 年将其译成俄文。

4 列米佐夫的作品，收入了 17—18 世纪俄罗斯的一些私人通信，1922 年在柏林出版。

段构成的书，时而写那本以罗赞诺夫[1]书信为基础的加以扩展的书。

写书不要因循守旧。别雷[2]知道这点，罗赞诺夫清楚这点，如果无须思考合题，高尔基也明白，短尾巴猴子的我也知道这点。

我们将个人隐私写入作品，并且指名道姓，就是因为艺术需要新素材。在列米佐夫的新短篇小说中出现的所罗门·卡普伦[3]，在他哭诉勃洛克的哀歌中出现的玛利亚·费多罗夫娜·安德烈耶娃[4]全都是出于文学形式的需要。

猴子军队在执行任务。我迈着马步斜穿过你的生活[5]，你知道，我过去与现在都是如此；但是阿莉克[6]，我会把你写入书中的，就如同以撒坐在亚伯拉罕架起的火堆上一样[7]。但是，阿莉克，你可否知道，上帝是出于神圣的爱才往他的名字中多加了一个音 a 的[8]？连上帝也觉得多加的音是一份厚礼。

你是否知道这点啊，阿莉克?

不过，你不会是祭品，那是我把双角插进灌木丛中，用羔羊皮

1　瓦西里·瓦西里耶维奇·罗赞诺夫（1856—1919），俄罗斯宗教哲学家，文学批评家和政论家。

2　安德烈·别雷（1880—1934），俄罗斯象征主义的主要代表作家之一。

3　所罗门·卡普伦·基特玛诺夫斯基，列米佐夫小说《阿赫鲁·彼得堡故事》（1922）中的出版家。

4　马克西姆·高尔基的妻子，苏联莫斯科高尔基模范艺术剧院演员，列米佐夫在悼念勃洛克的随笔《来自火热的俄罗斯》中提到了她。

5　什克洛夫斯基在为自己的作品《马步》（1923）所做的序言中阐释了“马斜着身子走，是因为马不自由——他斜着身子走，是因为直路不让走。”

6　艾丽雅的爱称。

7　出自《圣经》，亚伯拉罕，《圣经》神话中犹太人的始祖，以撒是他的儿子，亚伯拉罕想把他献给上帝，他架起了篝火，拿出刀子要杀死儿子，但在最后时刻，天使出现在他面前并制止了他。

8　亚伯拉罕的俄文译音是 Авраам，其中有两个 a 音。

制成的祭品。

列米佐夫的整个房间摆满了小雕像和小魔鬼像，而列米佐夫坐在那里并对它们发出嘘嘘声：“安静——女房东来了”，他还竖起一个指头。他玩却不怕女房东。

自由的猴子无法忍受两面都是人行道的路，那是一种陌生的生活。人类中的女人无法理解。人的日常生活太可怕、太麻木、太保守，太不灵活。

我们把日常生活变成了笑谈。

我们正在宇宙和自身之间建立一座小型的私人动物园世界。

我们向往自由。

列米佐夫生活在用艺术方法构建的生活中。

就此搁笔，我需要去糖果店买蛋糕。一会儿有人要来找我，然后要去取蛋糕，还要顺便去找个人，然后寻点钱，买本书，和年轻的作家们谈话。还好，在猴子的家务里一切都是有用的。对于我们来说，巴比伦的混乱[1]比国会更容易搞懂。我们所受的委屈有地方记载，我们这儿“玫瑰”和“严寒”总是形影相随[2]，因为这两个词押韵。

我不会出卖自己作家的手艺，不会为了一套西服、抛光靴、高额货币甚至是为了艾丽雅出卖通往屋顶的自由之路。

---

1 据《圣经》记载，洪水大劫后人们便开始建造通天塔。上帝为了扰乱建塔者的语言，便使他们的语言互不相通，造成混乱。

2 喻指普希金的诗行“已是严冬时节，寒气肃杀/田野里到处都白得好像……（读者等着押的韵是——‘玫瑰花’；/好吧，那就算是这样！）”//（《叶甫盖尼·奥涅金》第四章四十二节：诗节中第一行结尾的词原文是“严寒”一般诗歌中最常和它押韵的词是“玫瑰花”。普希金在这里一面嘲笑了那些“押韵诗人”，一面又巧妙地利用了这对韵脚。）

第六封信

谈谈我们祖先的痛苦与被俘。信的结尾是对他出版报纸的迟到建议。

关在动物园笼子里的野兽看上去并不是那么太不幸。

它们甚至都可以生崽。

母狗用自己的乳汁喂养了狮子，而狮子并不知道自己高贵的出身。

土狼没日没夜地在笼子里跳来跳去。

它的四只爪子长得有点靠近它的骨盆。

成年的狮子感到寂寞。

老虎沿着笼子的金属栅栏走来走去。

大象把自己的皮肤弄得沙沙响。

美洲驼很漂亮，它们拥有一身暖和的毛呢连衣裙和轻盈的脑袋。

它们和你很像。

冬天一切都会关闭。

从野兽的角度来看，这不是长时间的休息。

水族馆还要开。

在湛蓝的海水中，在被灯光照耀得仿若柠檬水的海水中，鱼儿游来游去。而在某些玻璃窗后面则是完全可怕的景象。长着白色枝干的小树静静地晃动着它的枝条。为什么要在宇宙中创建这样一种痛苦？人们不会出售类人猿，而是把他们安置在水族馆的最顶层。你十分忙碌，而我则一直有空，我想去水族馆。

我不需要。哪怕动物园对我有双重好处。

艾丽雅，猴子的身高和我差不多，但是它肩膀宽、背驼、臂长。无法看出，它是坐在笼子里的。

尽管它的毛和鼻子还在，也好像是被打坏了，它还是给我产生了一种被捕者的印象。

因此笼子不是笼子，而是监狱。

笼子是双层的，然而在隔栅之间，我不记得，哨兵走还是没走？猴子（一个男人）整天都很寂寞烦闷。他们一天给他吃三顿饭，他吃个盘底朝天。有时饭后他就开始从事无聊的猴子的事业，这很委屈也很难为情。你要把他当成人来对待，但他很无耻。

其余的时间里猴子沿着笼子攀爬，去碰触人群。我很怀疑，我们是否有权利保护这个未经审判就被关进监狱的远房亲戚。他的审判长又在哪呢？

猴子无事可做想必寂寞无聊。他认为人们是很邪恶的灵魂。因此，这个贫穷的外国人在国内的动物园整日烦闷。

对于他来说连出版报纸都不行。

猴子死了。

第七封信

谈格尔热宾[1]肖像，谈季诺维伊·伊萨耶维奇·格尔热宾其人。写信时带有悔过的情绪，因此，信上贴了格尔热宾出版的邮票。这里还针对犹太人以及犹太人与俄罗斯的关系提出了几点不成熟的意见。

写算什么呀！我全部的生活就是给你写信。会面越来越少。我理解几个简单的词："枯萎""燃烧"与"低落"，但我最理解的就是"枯萎"这个词。

不许谈爱。我将谈谈季诺维伊·伊萨耶维奇·格尔热宾——一个出版者。好像，这谈得有点远。

在尤里·安年科夫所作的肖像画上，季诺维伊·伊萨耶维奇·格尔热宾脸色粉红，像可以食用的花。

格尔热宾本人更白一些。

肖像画上的脸很肉，或许说更像是装满食物的肠衣。格尔热宾

1　格尔热宾（1877—1922），俄国漫画家、线条画家和出版家。

结实、强壮，或许可以把他比作半硬半软的汽艇。当我不足 30 岁时，我还不知道孤独的滋味，不知道施普雷河比涅瓦河窄多少，也没在马赛的膳宿公寓住过，这所公寓的女主人不允许我在夜间工作之余唱歌，当生活在我面前还没有关上通往指向俄罗斯的大门，当我认为历史将要在我的膝上断裂，当我喜欢跟在有轨电车后面跑，"当我对珍贵的诗篇/比射球门更为喜欢"（似乎是这样）[1] 时，我不会因电话声而哆嗦。

我从 27 岁到 29 岁的时候，很不喜欢格尔热宾。

我认为格尔热宾残酷，他吞了大量的俄罗斯文学资料。

现在，当我知道，施普雷河比涅瓦河大约窄三十分之一。当我 30 岁了，当我在等待着电话，却有人告诉我不再有电话的时候，当生活关上了我面前的门，当事情变得那样忙碌，以至于她都无法写信，当我坐在电车里也不想改变它们，当我的双脚不再穿着给盲人穿的靴子，我不会再攻击他。现在我知道，格尔热宾是最有价值的产品。我不想破坏格尔热宾的信誉，但我绝对相信，不会有任何一家银行里的人会读我的书。

因此，我告诉你，格尔热宾完全不是投机商人，他积攒的不全是俄罗斯文献资料，也不是美元。

艾丽雅，你可知道，格尔热宾是个什么样的人吗？他是个出版者，出版了丛刊《野蔷薇》[2]，创办了《文萃》[3]，现在，它好像是柏

1　这是普希金《叶甫盖尼·奥涅金》手稿第八章、第一节不准确的引文，原诗为"那时候我对珍贵的诗篇/比射球门更为喜欢"。

2　从 1907 年至 1916 年，《野蔷薇》共发行了 26 辑。

3　《文萃》，1907 年到 1912 年由格尔热宾领导下的彼得堡的出版机构出版。

林最大的出版社。

从1918到1920年，格尔热宾疯狂地购进了一批书稿，这是一种疾病，类似于“求雄癖”。

当时，他还没有出版书。我穿着盲人靴去找他，用比柏林任何一个人最大的声音还要响三十倍的声音和他喊话。而晚上则在他那喝着茶。

不要以为，我是把声音缩小了三十分之一。

很简单，一切都在变化。

现在，我要证明，格尔热宾不是投机商人。

格尔热宾是苏联模式下的资本家，满嘴胡话，思想动荡。

现在，他出书，出书，还是出书！书一本接一本地想要跑向俄罗斯，但都没有到达那里。[1]

所有书上都有邮票：上面是季诺维伊·格尔热宾像。

两百、三百、四百，或许，快到一千种了。[2] 书堆成堆，像洪流般地摞成了塔形，但是却慢慢地去往俄罗斯。

但是苏联资本家念念不忘“世界规模”，在遥远的柏林一角正在出版所有的新书。

书就具有那样的性质。为书而出书，还为证明出版者之名而出书。

这是一种个人激情，是一种把更多作品都聚集在自己名字周围

1 根据格尔热宾与苏联政府达成的协议，格尔热宾将自己的出版社从彼得堡迁到柏林，他在柏林出版的书，可以在俄罗斯发行，然而，苏联政府方面没有履行这个协议，格尔热宾破产了。

2 格尔热宾总共出版了218种刊物。

的一种激情。

这位充满幻想的苏联资本家，投掷了自己所有的金钱、所有的精力来创作大量带有他名字的作品。

让书不要去俄罗斯了，就像一个讨厌的献殷勤者，花钱给女人买花，把女人的房间变成花店，女人也不爱他，独自观赏着自己的荒唐。

很美丽，很有感染力的荒唐。这位被俄罗斯拒绝的情人——格尔热宾，感受自己生存的权利，出版，出版，还是出版。

不要惊讶，艾丽雅，我们所有人都会说胡话，所有严肃生活的人。

当你把书稿卖给格尔热宾时，他讨价还价，很激烈，但更多的是出于礼貌，而非贪得无厌。

他想向自己证明，他和他的事业都是事实。

格尔热宾的协议是假现实的，属于俄罗斯电气照明领域。

俄罗斯不喜欢犹太人。

其实，格尔热宾一类的犹太人是良好的加热工具。

令人喜闻乐见的是，在毫无宗教信仰、游手好闲的俄罗斯柏林界，格尔热宾以其饱满的热情创作着作品。

第八封信

谢谢你寄来关于格尔热宾的信及鲜花。这是艾丽雅的第三封信。

亲爱的鞑靼男孩，我给你写信是为了谢谢你给我寄来了花。

整个房间都散发着很浓的香味，我没有去睡觉，因为我舍不得离开它们。

待在这个不成样子的用纪念碑、兵器、猫头鹰装饰的房间里，我觉得像在家一样。

房间里的温暖、香味和安静都属于我。

我拿走它们，就像带走镜子里的影像；你离开了——影像就没了，你返回来了，再看一看——它们又在这里了。

你不会相信，因为按你的理解它们生活在镜子中。

我特别希望现在是夏天，希望所有不存在的东西都出现。

我希望自己年轻并结实。

那样的话，鳄鱼和孩子的混合体中就只会剩下小孩，我也就会幸运了。

我不是不幸的女人，我是艾丽雅，面色红润，体态丰盈。

先写这些吧。

吻你，要睡了。

艾丽雅

第九封信

谈谈你委托我的三件事，谈谈爱不爱的问题，谈谈我的领班员，谈谈《堂吉诃德》是怎样创作出来的；然后信中的话题转到谈一名伟大的俄国作家，最后以对我服役期的思考而结束。

你吩咐我两件事：

第一，不能给你打电话；第二，不能见你。

现在我可是个忙人。

我还要做第三件事：不要想你。但是你没有让我做这件事。

你有时会亲自问我："你爱我吗?"

那时我就知道，你是在进行查岗。我像一个不熟悉警备条令的工程兵，勤勉地回答道：

"三号岗，号码记得不准确，岗哨位置：电话机旁，负责从纪念教堂[1]至约克大街为止的几条街。职责：爱、不见面、不写信，并记住，堂吉诃德是怎样造出来的。”[2]

堂吉诃德是在狱中阴差阳错地造出来的。塞万提斯利用这位讽拟性的英雄，不仅让他建立滑稽的功勋，而且让他发出智慧的演讲。你也知道，岗哨派班员先生，需要把写好的信分发出去。堂吉诃德收到智慧这件礼物，小说中再没有人能成为智者了。睿智加疯癫才生出堂吉诃德这个典型。

我本来还有许多话要说，但是我看见微微拱起的脊背和一条小的貂皮披肩的两端。你正用它围着你的颈项。

我不能走，不能离开岗哨。

岗哨派班员步履轻盈地离去，一路上不时地在商店前驻足。

他注视着商店橱窗内的尖头皮鞋，注视着那长筒女式手套，注视着镶着白色花边的黑色丝绸衬衫，就像孩子们注视着商店橱窗里漂亮的大布娃娃一样。

我也是那样看着艾丽雅的。

太阳升得越来越高，如同塞万提斯所言：“太阳已把贫穷的西班牙贵族的脑子融化了，如果他有脑子的话。”[3]

我的头顶上正悬着一轮太阳。

---

1 建于1891—1895年，是德意志皇帝威廉二世为纪念他的祖父、德意志第一个皇帝威廉一世而修建的，位于德国柏林市繁华地段布莱特沙伊德广场，是当时柏林最高的建筑。后来该教堂又成为人们熟知的“断头教堂”。二战时，该教堂房顶被炸毁，德国人为了警示后人不要战争，没有对教堂进行修复，而是保留了因为战争所留下的痕迹。

2 什克洛夫斯基曾经以“堂吉诃德是怎样造出来的”为题写了一篇文章，刊登在1923年的《艺术生活》杂志上，并收入《情节的拓展》和《散文理论》这两部书。

3 《堂吉诃德》上册第二章。

然而我并不害怕，我知道，怎样创造堂吉诃德。

我创造的堂吉诃德很健壮。

力大无比的人将会笑得最响。

书才会笑得最响。

瞧，我正在电话旁边站岗，正在用手去摸电话，仿若猫用爪子去碰滚烫的牛奶，我就要给我的堂吉诃德嘴里再塞进一段精彩的演讲。

有一个高大的人徜徉在柏林街头，我和他认识，有几次我们还彼此拿错了围巾。

当他讲话时，他平静的嗓音会突然间转变成萨满一样的号叫。

有一次，那个萨满被带到了莫斯科的历史博物馆。因为具备源远流长的萨满教文化，他并不感到发窘。他拿起铃鼓，当着教授们的面行起巫术来，他见到了神灵，神魂颠倒时还摔倒在地。

后来他又去西伯利亚行巫，但已经不是当着教授的面了。

我说的这个人，身上有一种激情，是指在宅院里，而不是别墅里。他在房间一角躺着，身上系着皮箱，一阵旋风似的。

这个人叫安德烈·别雷。

世俗的称谓是鲍里斯·尼古拉耶维奇·布加耶夫。

一个教授的儿子。

很显然，威尔斯[1]总把生活写成是物驾驭人的样子。

物能改变人，特别是汽车。

1　赫伯特·乔治·威尔斯（1866—1946），英国著名小说家、记者、政治家、社会学家和历史学家，20世纪科幻小说创始人。

人目前只会发动汽车，可汽车一旦发动就会自己往前走，走着走着就会轧伤人。科学可完全是件严肃的事情。

对理性的需要和对自然的需要已是分道扬镳。

曾经有过高低之分，有过时间，有过物质。

现在什么都不存在，方法主宰着世界。

人想出了方法。

方法。

方法走出家门后，开始独立生活。

“诸神的食粮”[1] 已经找到，但我们却不吃它。

所有事物中最复杂的事物就是各门科学，它们游走在大地上。

怎样让它们为我们服务呢?

是否有此必要呢?

我们最好还是要去制造那些毫无益处、毫无边际，但却是全新的事物。

在艺术中方法也是单独行进。

写巨著的人，就好像驾驶 300 匹马力汽车的司机，那汽车好像自动拖着他撞向墙壁。谈到这类汽车，司机们都说:“它会使你粉身碎骨的。”

许多次，我都在注视着安德烈·别雷—鲍里斯·布加耶夫，我在想，他几乎就是一个胆怯的、殷勤随和的人。

黝黑面孔四周的花白头发显出银白色，身体看来很结实。

1　参见威尔斯的同名小说《诸神的食粮》(1904)。

你瞧，两条胳膊把袖子绷得紧紧的。

一双眼睛棱角分明。

安德烈·别雷的方法十分令人信服，连他本人都无法理解。

我觉得安德烈·别雷是为了开玩笑而开始写作的。

“交响曲”[1] 就是个玩笑。

词与词被并排组合在一起，但是艺术家所看到的这些词却非同寻常，于是玩笑消失了，方法产生了。

后来，他甚至为动因找到了一个名称。

这个名称就是人智学[2]。

人智学——一门不大的学科，是为了获悉结果而创建。

在叶卡捷琳娜时代就开始修建伊萨基辅大教堂[3]，但是到巴维尔时代才用砖把拱顶修好，并没考虑是否匀称。

其目的是为了不再烦心于这件事。

让人们知道，教堂竣工了。

现在有许多人喜欢把两条平行线折弯使之两端相接。

人智学，在今天看来是一个很不合时宜的词，力线如今不在我们身上相交。

今天对于我们来说，与其说构建新世界是我们的事业，不如说

---

1 指安德烈·别雷最初尝试出版的第二部喜剧交响曲（1902 年）。

2 人智学，宗教哲学学说，是由施泰纳（1861—1925）创立的，认为神存在于尘世之中，只要将人身上一种隐秘的能力挖掘出来，人就能与灵魂世界交往。安德烈·别雷于 1912—1922 年间成为它最忠实的信徒。

3 伊萨基辅大教堂（又译圣埃萨大教堂），圣彼得堡著名的大教堂，俄罗斯晚期的古典主义建筑，与梵蒂冈的圣彼得大教堂、伦敦的圣保罗大教堂和佛罗伦萨的花之圣母大教堂并称为世界四大教堂。

是一个场景。

在梯形结构的《狂人日记》[1] 中，诗人兼散文家的理智在徘徊与追求，但他什么也没寻到，在失败的却意义非凡的《柯吉克·列达耶夫》[2] 中，安德烈·别雷创建了好几个层面。有一个层面很牢固，几乎是现实的，其他层面都围绕着这一层面展开，仿佛是它的影子，而且光源充足，不过看上去这些层面又像是现实的，然而这些层面却是很偶然的。无论是在哪个层面中都没有真实的灵魂，有的只是将事物分行排列的方法、手段。

这就是我站岗时自己创造的精彩演讲。我站在那里，很无聊，像一个年轻士兵那样，点数着过往的行人。

我用温柔的话语来安慰自己：

“忍着吧，想点别的事情，想想其他名人和不幸的人。爱情中没有委屈。可能明天派岗员又要来查岗。”

可我站岗的期限是多长呢？

没有期限，我已沿着服役的路一直走下去了。

1　别雷自传性作品，1922 年在柏林出版。

2　别雷自传性作品，1922 年在柏林出版。

第十封信

谈柏林的水灾；整封信主要采用了隐喻的手法：信中作者试图成为一个轻松愉快的人，但是我敢肯定，下一封信中，他又将失去自控力。

好大的风啊，阿莉克！好大的风啊！

大风摇曳着纪念教堂上的钟摆。

阿莉克，在这样的大风天，彼得堡涨水了。

这些日子里，彼得罗巴甫洛夫卡要塞的自鸣钟每隔15分钟都要响起，但没有人去听。

人们都在数炮弹。

炮弹发射：一、一、二！一、二、三……

11发！

是洪水警报。

暖风冲溃了彼得堡，将涅瓦河水引向它。

我很高兴，然而水位还在上涨，街上微风徐徐，阿莉克，你就是我的风，是我们的春风，是彼得堡的风！

水还在上涨。

洪水淹没了整个柏林，温特尔格鲁德的地铁像一条肚子朝上的瘦弱鳗鱼，漂浮在隧道里。

洪水冲毁了水族馆，冲走了水族馆中所有的鱼类和鳄鱼。

鳄鱼游荡着，并不活跃，只是哭诉着冷，而水位正沿着楼梯上升。

水深 11 英尺，已经漫到了你的房间里。水静静地流进了阿莉克的房间：楼梯上的水无处可去，但在房间里，水淹到了阿莉克的鞋子，于是，戏剧性的一幕上演了。

鞋子：你为什么要进来？阿莉克正在睡觉！(他们也喜欢你。)

水（平静的声音）：11 英尺深呢，鞋女士！整个柏林就是一个伏在水面上的白肚皮，大量的货币在波浪里翻卷。我们就是隐喻的实施者。请告诉艾丽雅，她要重新回到岛上，她的房子已被奥波亚兹[1]包围。

鞋子：不要开玩笑！艾丽雅正在睡觉，愚蠢的大水！艾丽雅累了，她需要的不是鲜花，而是鲜花的芬芳，因为爱她需要的只是爱的芬芳和温柔，她的双肩再也承受不住任何负重了。

水：啊，我的艾丽雅的鞋女士！11 英尺呀，水还在上涨，高射炮正在发射，暖风将我们阻隔在这里，不允许我们涌向大海，它遇见了真正的爱情。11 英尺深，风很强，树都被刮倒了。

1　是指俄罗斯诗歌语言研究会。

鞋：啊，水涌向别人家的磨坊！强加的爱让人不舒服。

水：是强加的爱吗？

鞋子：就是强迫的爱，是，你没有用武力折磨她。她连命都不要，她是我的阿莉克，她喜欢跳舞是因为那是爱的影子。去爱艾丽雅吧，而不是自己的爱情。

于是水沉重地拽着校对的手稿，向后退去了。当水退却的时候，鞋子说道：

哦，这真是我看好的作家吗？

鞋本不坏，但它们是成对的，而两个长久并排而站的妇女，不可能不互相诽谤。

我写完这封信后又抄了下来。现在我将以抄信的形式怀念你的一切。

上帝订立彩虹之约[1]来纪念“大洪水”。

1　洪水大劫后，上帝与诺亚方舟里出来的一切活物，包括此地生存下来的一切活物立约，立约的内容即不用洪水灭绝和毁坏，立约的记号就是虹。

第十一封信

谈一个挑选衣服的女人，还谈生有两只手的东西。信中记载了与燕尾服的隔膜。但信的主要内容是讲，一次在彼得·博加迪廖夫[1]的帽子里发现了一张钞票，他在莫斯科能够做到不哭泣，而在布拉格的饭店却哭了起来。

好吧，我就谈谈异国文化和异国女人。

女人，可能不是一个十足的异国女人。

艾丽雅，我不是在埋怨你，只有你才是真正的女人。

你常说："当你很长时间都在想买某件衣服，那么过后就不值得买它了，就好像在默想中你就把它穿过了、穿坏了。"

女人在商场里，毫无疑问，会眉飞色舞地看着她喜欢的所有商品。

这是欧洲式的心理。

1 彼得·博加迪廖夫·格里戈里耶维奇（1893—1971），俄罗斯民俗学家、文学理论家、莫斯科语言小组成员，1921—1940 年在捷克斯洛伐克生活与工作。

当然，如果一件东西不能成为令人喜欢的东西，那只能是它本身的过错。

特别是长有两只手的东西。

但是每个士兵的背囊里都装有自己的败绩。

战死疆场后他才会认清自己的命运。

我们不善于过轻松的生活。

著名外科医生伊凡·格列科夫[1]的妻子埋怨我和米莎·斯洛尼姆斯基[2]，因为我们穿着弗伦奇军上衣和毡靴到她家出席晚会。别人都穿着燕尾服。

我们失礼的原因很简单：那些人有旧的燕尾服——燕尾服历久不过时，并能经受住革命的冲击。而我们从来就没穿过燕尾服。我们的穿着从最初的中学校服到大学校服，再发展到后来的军大衣和由军大衣改成的弗伦奇军上衣，除了战争与革命，我们不了解别的生活方式。她可以责怪我们，但我们却不能从她家中走出。

逛商店的心理对于我们来说是陌生的。我们习惯了为数不多的物品，余下的东西捐出或卖掉。我们的妻子穿着肥大的粗布衣服，穿着大一号的鞋。

欧洲分化了我们，我们在其中情绪激昂，认真接受一切。你认识浅色头发的彼得·博加迪廖夫。他的眼睛是蓝色的，个子不高，裤腿很短；腿短的人穿着吊腿裤子两条腿就更短了。博加迪廖夫的

1　伊·格列科夫（1867—1934），苏联著名外科医生，他的妻子格列科娃·叶列娜·阿法纳西耶夫娜（1875—1937）是散文作家。

2　米莎·斯洛尼姆斯基（1887—1972），俄罗斯作家。

鞋子从不系鞋带。

在街上，他时而踮着脚走，时而像兔子一样斜跑过去，说话不是讲，而是嚷。

这个怪人出生在伏尔加河沿岸波克罗夫斯基镇的一个行会家庭。因为擅长朗诵被中学录取，中学毕业后，进入大学语文系，在那里钻研笑话创作理论。

博加迪廖夫写了许多东西，但后来他把手稿都弄丢了。

在闹饥荒的莫斯科，博加迪廖夫没有觉得自己过得不好。他像大家一样生活、写作、赚外快，但是不带恶意。

一天晚上，博加迪廖夫踏着莫斯科的雪堆从剧院往家走，他累了，摘下帽子，擦额头。

忽然他发现帽子里有一张“克伦斯基纸币”[1]。

他环顾四周，发现有个军事专家正走过。

他追了上去。

“同志，我不需要。”

“你别不好意思，拿着吧。”

博加迪廖夫没有拿，也没有见怪人家。

谁也不能欺侮我们，因为我们在工作。

谁也不能嘲笑我们，因为我们在工作。

谁也不能嘲笑我们，因为我们了解自身的价值。

没有和我们一起经历艰辛生活的女人是不能理解我们这些从没

1　俄国 1917 年克伦斯基临时政府发行的 10 卢布及 40 卢布的纸币。

穿过燕尾服的人的爱的。

博加迪廖夫在各个学院讲学，搜集革命民间文学，和罗曼·雅可布逊[1]要好。

当罗曼去了布拉格后[2]，他便写信邀请博加迪廖夫去找他。

博加迪廖夫去了，裤腿还是很短，鞋子没系带，箱子里装了一些手稿和撕破的证件，所有东西乱七八糟地堆放，很难说出，著作放在哪，裤子又放在哪。

博加迪廖夫买了糖，分放在兜里还不时地吃。一句话，他在努力地维持着俄罗斯的生活习惯。

但是罗曼，细长的双腿，红色头发，蓝色的眼睛，喜欢欧洲。

他的确像你的哥哥。

罗曼领着博加迪廖夫去了饭店：坐在光滑的四壁中间，置身于各种食品、美酒与女人之中，彼得哭了。

他忍受不住了。这种生活方式触动了我们。

我们不需要这种生活方式。不过，为了创造对称法，所有东西都是有用的。

彼得写了一本书名叫《捷克木偶戏和俄国的民间剧》[3]，后来他来到柏林，因为你总是那么忙，我才有那么多的空闲时间，还因为我善于工作，就出版了这本书。

博加迪廖夫给自己做了三套衣服，现在穿的是第四套衣服——

---

1 雅可布逊（1896—1982），俄裔美国语言学家、文艺理论家。

2 罗曼·雅可布逊于1921年作为俄罗斯联邦常设代表机构的翻译，去了捷克斯洛伐克，博加迪廖夫于1921年12月去他那里。

3 《捷克木偶戏和俄国的民间剧》，1923年在柏林出版。

一眼就看出这是一套民族化的、莫斯科式的衣服。

如今，即便是到了"布拉格大饭店"，[1] 他也不会再哭了。

然而他哭泣不是因为感伤，就如同很久之后才生火的房间，那房间的玻璃窗也会哭泣一样。

1 是柏林的大饭店，俄罗斯的"作家俱乐部"在此集会。

第十二封信

显然，这封信是回答对吃相的评论（看来是通过电话所做的评论，因为没有留下任何文字记载）。信中还否定必须穿着有裤线的裤子这一事实。整封信用了《圣经》故事做类比。

我向你发誓——裤子不应该有裤线。

人们穿裤子的目的是为了御寒。

你去问问谢拉皮翁兄弟[1]。

头都要挨到食物上了，或许这种吃相的确不太雅观。

你常说我们吃相不好。

我们头低得离盘子太近，而不是把食物送到嘴里。

那好吧，就让我们对彼此的吃相惊奇吧。

这个国家的许多事情都令我感到惊奇。在这里，裤子的前面应该有裤线，那些生活贫穷的人就在夜里把裤子压在褥子底下。

俄国文学中曾写过这种方法，库普林笔下的一位贵族出身的职

1　苏联文学团体，1921年初成立于彼得堡。主要成员有符·伊凡诺夫、左琴科、费定等。

业乞丐用的就是这种方法。

这里的生活习俗令我生气!

当列文(《安娜·卡列尼娜》中的主人公)看到家里人熬果酱不是按他的方法,而是按吉提娘家的方法时,列文也是那样生气的。

当审判官基甸[1]召集一支游击队攻打菲利斯人[2]的时候,他首先把家眷都打发回家。

后来上帝的天使命令他把所有的士兵带到河边,吩咐他带那些用手捧水喝,而不是把脸贴向水面,像狗一样舔着水喝的士兵去作战。

难道我们不是好士兵?

这样一来,当这里一切都在崩溃,就快要崩溃的时候,我们好像得撤离回俄国。我们排成两队,手里端着步枪,不带裤线的裤兜里装着子弹,一面撤退一面从篱笆后面开枪还击追赶的骑兵。

但最好不要离盘子太近。

基甸式的决断实在太可怕了!要是他不收我们加入他的军队,那也无可奈何!《圣经》的故事重复得太奇异了。

一次犹太人大败菲利斯人。菲利斯人溃逃,他们排成两排下河逃命。

犹太人在河滩设下了巡逻队。

那个时代很难将犹太人和菲利斯人区分开来,因为双方都是一

1 基甸,又名耶路巴力(意思是让巴力自卫),《圣经·旧约》中的人物,以色列著名英雄和士师,受上帝之遣率领用手捧着舔水喝的三百人攻打米甸人,结果大胜。在文中,什克洛夫斯基对此故事做了改动。

2 地中海东岸的古代居民。

丝不挂的。

巡逻队向跑过的人喊："说'莎别列斯'"。

但是菲利斯人不会发"莎"这个音，他们便答"萨别列斯"。

那时他们就会被打死。

我曾在乌克兰见过一个犹太小男孩。他一看到玉米就会不由自主地发抖。他告诉我：

在乌克兰杀人的时候，经常需要核实，要杀的是否是犹太人。

他们会让他说："说'库库鲁扎'[1]"。

犹太人有时会说成"库库鲁热"。

于是他就被打死了。

1 "玉米"一词的俄文发音。

第十三封信

信中所讲事情发生在早晨六点到十点之间。所经历时间之长使信变得也很长。这封信共由三部分组成。其中重要的是提到了女人们在柏林夜晚的常去之处学会了使用叉子。

早晨六点：

卡尔斯鲁厄[1]的大街上还是很黑。

要到十点半才能给你打电话。

还有四个半小时的时间，然后二十多个小时之后才能再次听到你的声音。

我讨厌我的房间。我伏在上面给你写信的办公桌也不讨我喜欢。

坠入情网的我坐在那，就像一个电报报务员。

要是能有把吉他伴唱就好了。

请和我说说话，

1　德国西南部城市，属巴登一符腾堡州，是该州第三大城市。

我的七弦琴女友

在那样的月明之夜

我的心充满忧伤[1]

需要写点有赚头的作品。为摩托车写点广告宣传片。[2]

于是，我的头脑中有关你的、摩托车的、汽车的各种想法交织在一起。

我将给你写信，宣传片暂缓再写。

每天晚上我都给你写信，然后撕碎扔进纸篓里。再把信拾起来，粘上，再重新开始写。

你会收到我所有的来信。

你把第一个人送给你的花扔掉了，用剩下的花篮装了破损的玩具。你给他打电话表达了谢意；第二个人送给你一个琥珀护身符，而你又很高兴地收下了第三个男人送你的用钢丝编织的女士小包。

你的习惯很单调：快乐的相会、鲜花、男人的爱情，这种爱情总是来得很迟，就仿若呼吸汽车油缸里的新鲜汽油味一样。

男人的爱是当他说“爱”的一天后就开始了。

因此不应该说“爱”。

爱在增强，人在燃烧，而你却不再喜欢了。

在汽车技术上，这被称为提前排气。

1　俄国诗人阿波洛·格里戈里耶夫（1822—1864）诗歌《茨冈的匈牙利人》的不十分准确的引文。

2　1923 年，什克洛夫斯基在柏林的“罗斯电影机构”办事处工作，从事挑选电影销往俄国和制作广告短片的工作。

然而我就像被撕碎的信一样，正在从你的装破损玩具的筐里往外爬。我还要体验你的十多项爱好，白天你撕裂着我，然而晚上我又如同信件一样活了过来。

这不还没到早晨，而我已经处于警惕状态了。

窗户朝大街开着。

汽车也行动起来或者还没有休息。

阿莉，阿莉，爱莉——它们喊着。它们想说出你的名字。

我像个病患一样坐在房间里，想你，想汽车。是那样的荒谬可笑。

你扭转了我的生活，就仿若螺丝拧动了小齿轮。

齿轮不能转动方向盘。在技术上，这被看作是不可逆的转动装置。我的命运是不可逆的。

就如同里夫什茨编写的奥德萨盗贼之歌所唱的那样，只有时间属于我[1]：我可以把我的等待分成小时、分钟，我可以数出它们。等待、等待，只可惜，没有吉他。

我能等来什么呢？我将等来太阳。太阳八点钟左右升起，它照射着卡尔斯鲁厄，整条街变得和卡缅纳奥斯特洛夫大街[2]一样。

在彼得堡的卡缅纳奥斯特洛夫大街矗立着一所中学，我就是在那毕业的。

曾经有那么一年，好像是 1913 年。当时我们是这所中学的应届

1　里夫什茨·别涅季克特·康斯坦丁诺维奇（1886—1938），诗人，1910 年与未来派走得很近。

2　圣彼得堡，从三一广场到涅瓦之滨的那条大道。

毕业生。我们强烈地想毕业，就好似翻滚的木箍圈飞快地滚到街上一样。

空气中充满了希望，他们就像长了羽毛，插上了翅膀遨游在卡缅纳奥斯特洛夫的街道上方。晴空之中漂浮着朵朵卷云。

我们想尽快地捕捉生活。但我们不懂得说话，没有想出怎样像拎东西一样抓住女人。

我们用一双滚烫或冰凉的双手抓住生活不放。

我们想通过各种把戏来认清爱情。在中学晚会上，我们切断了电线，而如果我们身染重病的话，那么我们就更乐意开枪自杀了，就好像我们愿意知道还有一种把戏。这种死法已经成为一种习惯。我们是谍舰，也就意味着必然要死。

谍舰只是还想尝试一种把戏。

不要了，最好是待在房间里，睡到早晨六点，七点时到集市上买些花，最好在吉他的伴奏下活过一生。

柏林有许多奇怪的常去之处。我曾经去过夜总会。

那里的房间随处可见，墙上挂着许多照片。

房间里散发着厨房的味道，钢琴发出的声音被淹没了，小提琴手让那被两块音板隔开的奇怪的小提琴发出不成调的吱吱响声。听众们默默地陶醉着。一个穿着高筒袜的半裸女人走上台，笨拙地举起双臂跳了起来，然后又上来一个没有穿高筒袜的女人。

我不知道，房间里除了我们还有谁。小提琴手正在挨个桌子收钱，他来到一个坐在黑暗角落里酩酊大醉的人跟前，后者正对他说着什么。

小提琴手很爱惜自己的小提琴，空气中回荡着那越来越纤细的《天佑沙皇》[1]。我很久未曾听到过这首国歌了。

那个跳完舞的女人，已经穿好了华丽的外衣坐在邻近的餐台旁吃着东西。

“瞧，她还会使叉子。”博加迪廖夫对我说道。会用叉子吃饭对于我们来说是个很时髦的议题。

我们准备回家了，前厅有位女士正在递衣服。我交上我的存衣牌，打量着她的脸。这位就是刚才穿高筒袜跳舞的女人。她穿得很轻便，显然，是家庭装。大概她还没有堕落。有健谈的人也有寡言的人。健谈的人们还没离去，因此请你相信我，我会幸福地度过自己的一生。

寡言的人什么也得不到。

天亮了，我没有理由结束写信，时间属于我，里夫什茨是对的。

我失眠写的信摆得到处都是。在我撕毁它们之前，先把它们捆起来。

在鲍格米勒[2]神话中，上帝想要从海底弄到一粒沙子。

但上帝不想潜入水中，他就派魔鬼去并且吩咐他说：“当你要取沙子的时候，你要说：‘不是我要抓你，是上帝要抓你’。”

魔鬼一下子扎进水下，潜入水底，抓起一粒沙子就说：“不是上

1 《天佑沙皇》是1833年至1917年俄罗斯帝国国歌，最初由瓦西里·茹科夫斯基根据英国国歌《天佑吾王》改编，并由亚历山大一世于1816年批准。1833年，茹科夫斯基重新填写了歌词，亚历山大·普希金也参与了歌词的填写，1833年12月8日，国歌《天佑沙皇》正式奏响。

2 鲍格米勒教派，10—14世纪在巴尔干产生的反封建异端的教派。

帝要抓你，是我要抓你。”

真是自尊心很强的魔鬼。

他没有抓到沙子，浑身发青游出水面。

上帝又派他入水。

魔鬼游到水底，抓起一粒沙子，说：“不是上帝要抓你，是我要抓你。”

他没有拿到沙子，魔鬼气喘吁吁地浮出水面。上帝第三次派他下水。

童话中一切都要进行到第三次。

魔鬼发现他根本无处可去。

他不想破坏情节。他哭了起来，或许，应该潜入水下。他游到海底并且说道：“不是我要抓你，是上帝要抓你。”他抓起一粒沙子就浮出水面。而上帝按自己的意愿，用魔鬼从海底取回的沙子创造了人。

我不想再写了。我不需要信件。我不需要吉他。一切之于我来说都一样，我的爱情像不像不可逆转的运动装置？

一切之于我都一样。我知道，你甚至不会把我的来信放在你书桌右侧的抽屉里。

第十四封信

这封信写往俄罗斯；从信中可以看出，作者被一种挥之不去的想法所折磨。信中谈到，爱因斯坦在发现相对论后如何被占用时间和空间而艰难地生活。信的结尾对柏林人称代词“我们”的错误使用表达了不满。

亲爱的朋友们，你们怎么很少给我写信?

难道你们是存心折磨我吗?

请把我从别人的替身中解救出来吧，别让我当卸车的人，让我摆脱痛苦吧，把我从那种对我说“活着，但不要占用我的时间与空间”和“给你白天，给你黑夜，然而你只能在间隔中生活，只有早晨和晚上不要来”的生活中解救出来吧。

我的朋友们，兄弟们！我错在哪里了，我要在这里！

请大家到街上去，到基辅去，去为我请愿，让他们允许我回来吧。

为了避免发生不愉快的事情，可以乘车去基辅。

朋友们，你们要坚守自己的祖国。

我住在柏林，但假使他们对我说“你可以回来了”，我会以阿巴亚斯的名义宣誓，我不会转身回去拿我的手稿，也不会打电话，我会马上回国。

他们不准我打电话。

现在你们写什么呢?

艺术之家对面的那座海上塌桥是否修好了?

即使为俄国的载重汽车修路而死，也好过毫无用处地活着。

彼得堡有许多汽车吗?

你们怎么造出来的?

我们造得相当多。

在这里“我们”是个很好笑的词。

有一个女人给我打过电话。我当时病着。

我们开始说话。我说，我正待在家里。

于是她在挂掉电话的同时对我说道:

“我们今天白天去剧院。”

因为我刚刚才和她通话，否则就不会明白:

“我们到底指谁?我病了。”

错在哪里呀?我们指的是我和某个人。

在俄国“我们”的外延更强大。

第十五封信

谈谈伊万·布宁和他的妻子克萨娜·博古斯拉弗斯卡娅。谈谈艺术家怎样去爱，需要如何去爱一个艺术家，谈谈布宁的朋友们，他们怎样著书作画。这封信就内容而言具有劝教意义。

我连通过书信、连通过我为你缝制的半截黑色纸面具，甚至连梦中都很难见到你的真容。

一个女人没有手艺，那她靠什么度日？难道抢夺别人的面包分给狗吃很好吗，艾丽雅？

要知道他们是狗啊，是敷衍塞责的人和狼心狗肺的人。

对于我来说你的名字已经和柏林绑在一起了。

现在我还没听到什么消息。

然而克萨娜·博古斯拉弗斯卡娅·布宁[1]得了很重的咽白喉。真是个不幸的女人、不幸的女画家，画家的妻子呀！我在和你见面之前曾见过她和她的丈夫。

1　克萨娜·博古斯拉弗斯卡娅（1892—1972），画家，万尼亚·布宁的妻子。

我认识万尼亚·布宁已经十年了，是在《B路电车》[1] 上——这是画展的名称。

他对周围的任何事情从不关注，尽管他还没谈恋爱，他就好像不喜欢任何人，也不被别人所吸引，心不在焉地对待他们。

他对绘画怀有一种忧伤之爱。和我不能快乐地爱你一样，布宁一生对绘画的热爱也不是快乐的。

你在我面前永远不会有权利，因为你既没有技能，也没有爱情，即使你品德高尚，也保护不了那个自身就很强大的人。

为什么你要控制那个可能时刻对我说"'我不祈求你爱我'，求你把我放到一边"的人的爱呢？

当你不能为我痛苦的时候，就不要对我的喊叫吃惊。

通过你，我了解了相对论原则。试想一下站在巨人旁边的格列佛[2]，他被女巨人抓到手里就那么一丁点，几乎都抓不住，然而只是忘记放下他。现在她要放下他，可怜的格列佛就会恐惧地大喊，就会在电话里说："不要丢下我！"

伊万·布宁爱上了自己的画；他忧伤地注视着自己画作的命运，对于他来说一切都不简单，他不相信未来的爱情。

一天夜里我和罗曼·雅可布逊、卡尔·爱因斯坦因[3]、博加迪廖夫还有几个人到他那去。

1　《B路电车》，1915年3月在列宁格勒举办的未来派画展。

2　18世纪英国著名讽刺作家乔纳森·斯威夫特的代表作《格列佛游记》中的主人公。

3　卡尔·爱因斯坦因（1885—1940），德国散文作家、戏剧家、艺术史学家，接近表现主义和达达主义。

我们在那待一小时还是两小时，我不记得，布宁还在自己的工作室工作。地板上、椅子上、床上到处都是染料桶。

他迎接了我们，没有高兴，没有惊讶，就好像我们是乘客，而他的房间就是车厢。

我们聊了很多事，都是一些痛苦的事。

我们从角落里拿了些土豆吃。布宁放了油，烤完土豆后，就不理会我们了。他忧伤而专注地盯着他的画。

有一次我看见他站在自己的画前哈哈大笑，他可能是在笑画的结构，就像因俏皮话而发笑。

克萨娜·博古斯拉夫斯卡娅是画家的妻子，也是一位画家。

尽管她很谄媚，但她是一名不坏的甚至可以说是更好的画家，因为她的谄媚是有意而为之，要知道这是接待会，不是眼泪。

她身上最美的东西就是她热爱丈夫的画。她妒忌别人的画，也担心接下来会发生什么。

然而为了生计，画家需要赚些外快。由于挣外快，画家的双肩经常疼痛。现有的画作不可能卖出去，或者准确点说，在人们接受他之前，还需要等待很久很久。我们经常开玩笑把布宁的家称为“神圣之家”，有时也叫它为“有限责任商业之家”。事实上这真的是一个神圣之家：如果把这家里的一切都从柏林语翻译成古语，那么将成功逃到埃及，而克萨娜就是约瑟，布宁是母亲，画是孩子。

任何一个爱上女人或自己职业的男人生活都很困难。

朋友们都到布宁那儿：有浅色头发的德国人弗里奇和他漂亮的妻子[1]；有拉脱维亚人卡尔·扎利特[2]，吵吵嚷嚷就像14世纪非洲的基督徒；有阿尔诺里德·泽尔卡尔[3]，沉默寡言很像瑞典人，身材高大，衣冠楚楚，身体强健，然而我不了解他。那里还有鲁季·别林格[4]，法国式的德国人，雕塑家，体型像螽斯；柏林之窗里的表现主义模型就是按照他的样子做出来的。

所有这些人，他们在欣赏画作的时候都很安静。而克萨娜则用一双多情的眼睛盯着画布。布宁总是做许多工作。

绘画会吃了他。工作是那么艰难。

物资会有的，就像生孩子一样。

孕育他们时愉快，就不觉得难为情，怀着时难，生时就痛苦，然后孩子们活得也痛苦。

---

1 应该是弗里格·埃尔恩斯特（1892—1962），德国表现派画家。

2 卡尔·扎利特（1888—1942），拉脱维亚雕塑家。

3 阿尔诺里德·泽尔卡尔（1896—?），拉脱维亚雕塑家。

4 鲁季·别林格（1886—1972），德国画家，雕塑家。

第十六封信

这是艾丽雅的第四封信，信中说她什么也不想要。

亲爱的，我正坐在你不喜欢的那张沙发上，我感觉很好：暖和、舒适、哪儿都不疼。

屋中所有物品都摆出一副克制、沉默寡言的样子，就好像是受过良好教育的人一样。

倒是花儿直接说道："我们知道，但不会讲出来。"而它们知道什么？不清楚！

有一堆书我可以读，但我没读，有电话我可以打，但我没打，有钢琴我可以弹，但我没弹，有人我可以见，但我没见，你，我本该爱上，但我没爱。

然而若是没有书、没有花、没有钢琴、没有你，亲爱的、可爱的，我该有多么伤心。

我现在蜷缩成一个团儿，像一个名副其实的东方女人那样在沉思。

我注视着炉子上那土里土气、千篇一律的花纹，不雅观地模仿起茶壶的形状来：一只手叉着腰，另一只手弯曲，像个壶嘴，那般相像，我都乐了。我又眯着眼睛注视着窗外不知何故而抖动的那丛白色杜鹃。

我什么也不向往，什么也不想。

亲爱的，我不是在伤你，请不要认为我是在伤你。我觉得，你开始时感觉我自以为是；不，我知道，我毫不中用，你不值得在这方面费心。

买来的东西还放在桌子上，还没有拆封。

要是不久前，我回到家中，就会脱掉外衣，试试新买来的睡袍，可如今它还包在纸里。

艾丽雅

第十七封信

这封信发展了艾丽雅对横渡大西洋的船只的评论，谈到了甲板上的舞蹈，谈到了汽车，谈到了鲍里斯·帕斯捷尔纳克[1]，谈到了莫斯科出版之家和我们的命运。

你给我清楚地讲过横渡大西洋的轮船。你知道，对你的话，我就是个储存器。你给我讲了，坐在那样的船上，你总是感觉它在延伸。不是运动本身，而是牵引力，速度和潜在速度。对于汽车司机来说这容易理解，汽车以各种不同的方式拖拽一切。好的汽车很让人欣慰，它顶住你的后背就好像用手掌推着你前进。好车的主要妙处就在于它的牵引性（扭矩）和马力逐渐加大的性能（功率），令人有一种像噪音逐渐提高的感觉。菲亚特的牵引力就是像噪音那样逐渐加大的，令人很是惬意。当你给上油门，汽车就会兴高采烈地载着你飞驰。有些汽车开起来很有劲，但是太冲，我尤其记得一种汽车：60 马力的“米特切尔”车。坐在车上的感觉完全不同：你感觉

1　鲍里斯·帕斯捷尔纳克（1890—1960），苏联作家、诗人、翻译家。

得到的是牵引力和安静，或者是牵引力和忧伤。但所有的感觉都依靠于你对作用在你身上的运动的感受。

我没有见过横渡大西洋的轮船，但是我喜欢它，也了解它。在前行的甲板上跳舞、接吻、思考，此时的思维就如同电梯下降时的心脏，有些跟不上运动的速度，想必是很惬意的。

这就好似在音乐的伴奏下思考，只不过要更好。也像《战争与和平》中多洛霍夫那样，当他不能与同事争吵时，就在“哎呵，你是穿堂，我的穿堂!”的歌声中与人交谈[1]。

新的世界、新的感觉在诞生，但并非所有的人都注意到它们。我们的土地正被拖绳拖向某个地方。有一次你的妹妹坐在莫斯科出版之家[2]。房间大概很冷，有许多报界人士。她和鲍里斯·帕斯捷尔纳克坐在一起。他说话跟往常一样，滔滔不绝，一会儿说东，一会儿说西，最主要的就是不说，就是最主要的那句话。

帕斯捷尔纳克本人长得很美，我现在就给你描述一下。他的脑袋呈鹅卵石形状，结实坚硬，胸部宽阔，眼睛是褐色的。马琳娜·茨维塔耶娃说，帕斯捷尔纳克既像一个阿拉伯人，同时又像他骑的马。[3] 帕斯捷尔纳克总是奔来奔去，但从不歇斯底里，而是像一匹强壮的烈马奔向远方。他虽然在行走，但内心却想迈开脚步向前疾

---

1 见《战争与和平》第 1 卷第 2 部。

2 出版之家，1920 年 3 月组织起来的，后来成为许多文学晚会的举办之地，1938 年改成编辑之家。

3 马琳娜·茨维塔耶娃（1892—1941），俄罗斯著名诗人、小说家、剧作家，她曾经和什克洛夫斯基说过这句话，后来她把这句话写入文章《当代俄罗斯叙事文学和抒情类作品》(1932) 中。

驰。帕斯捷尔纳克在说了许多令人费解的话后，对你妹妹说道：

“您要知道，我们就像坐在一条轮船上。”

这个人置身于这群穿着大衣，围在出版之家长桌旁嚼着面包的人中间，他感觉到了历史的牵引力。他感觉到运动，他的诗歌之所以美就在于有一股牵引力。他的诗行奔涌，无法平息，就仿若钢条一样，彼此冲撞，又仿若突然刹车时彼此碰撞的火车车厢。真是美妙的诗歌。

在柏林，帕斯捷尔纳克忧心忡忡。他是一个属于西方的人，至少他懂得西方文化，以前他曾经在德国生活过，如今有年轻、漂亮的妻子[1]与他相伴，他还是忧心忡忡。我不是出于要把信写得严密完整才这样说，我认为，他觉得在我们中间没有牵引力。我们是逃难者，不，我们不是逃难者，我们是逃脱者，而今又成了被困的囚犯。

情况暂时如此。

俄国人在柏林毫无出路，他们没有前途。

没有任何牵引力。

我是多么清楚地感受到这一点。或许，吸引你的是异邦人，英国人、美国人，或许，和我们待在一起你觉得寂寞无聊，因为你也觉得我们中间没有任何牵引力。那些人有机械牵引力，有横渡大西洋的轮船的牵引力，在船的甲板上跳舞很舒服。我们正在失去自己的女人。所以需要考虑自己了。我们这些男人是内燃机，我们的事业是拉纤。我们没有为参加甲板舞会穿的舞鞋。

1　帕斯捷尔纳克·叶芙柯妮亚·弗拉基米洛夫娜（1898—1965），画家，帕斯捷尔纳克的第一任妻子。

第十八封信

谈结局的必然性和预见性。在等她的过程中，通信人首先谈到了汉堡州，然后又谈到了德累斯顿州的灰色地带，最后谈到了高楼林立的城市——柏林。信中接着谈了寄托作者全部思想的圆圈，还谈到了12座铁桥下面的夜路和相遇，谈到了一些毫无意义的话。

我完全弄乱了，艾丽雅！你知道情况是这样的：我给你写信就是在写书。我时而活在书里，时而又活在生活中，完全乱了。还记得吗，我曾经跟你提过安德烈·别雷和方法论？爱情有自己的方法和逻辑，不是我们能左右得了的。我说出了“爱”这个字，然后就任其发展。比赛就开始了，哪里有爱，哪里有书，我已不知道。比赛还在发展，在第三或第四页上我陷入了困境。开始就已经输了，这是谁都不可能扭转的结局。

书信体小说的悲剧结局，最起码要使人心碎。

而我暂时只能讲讲我所在的情节发生地。

很难去描绘柏林。

如果去描述汉堡州，可以讲讲运河上的海鸥，商店、运河之上的楼房，讲人们喜欢描绘的一切东西。

当你驶入汉堡城的自由港，水闸就像舞台幕布一样拉开。仿若演戏的舞台。这里水域广阔，起重机低着头，黑色的铲斗正将轮船上的煤收入口中。然后它们的抓斗立即向两边张开，就像鳄鱼张开的上下颌。门式起重机很高，其高度相当于一枚纳甘左轮手枪的射程。浮式起重机一日内能够吸入三万五千普特[1]粮食。我也会游到那个“吸管”旁并且会说：“亲爱的同志，请帮我吸出我心中出现的三万五千只爱情魔鬼。”

或者去请求最大的起重机，让他抓住我的后脖领子将我提起去看被水闸拦截的易北河，那里有许多铁架子、货轮，汽车在它们面前渺小得成了跳蚤。于是蒸汽起重机就对我说：“看看那竖立的铁架，你这个感伤的黄毛小儿，疼痛和哭泣可不好，既然不能活，还不如把头放进铁煤勺里让它夹断。”

太对了！

汉堡州说到这里就可以了。

如果要描绘德累斯顿，当然会有更多的方法。但是我们也可以借鉴俄罗斯新文学中经常使用的方法。

我们可以从德累斯顿的某个细节入手，例如那里的汽车都干干净净，内部装饰灰色的条纹布料。

接下来一切就如同起重机提起一吨重物那样简单。

1　普特：俄国旧重量单位，1普特等于16.38公斤。

需要让人相信整个德累斯顿都是灰色的条纹，易北河是灰色背景上的条纹，楼房是灰色的，西斯廷的麦当娜[1]是灰色的条纹。这在将来未必准确，但是现在具有好的外观是令人相信的。

真是灰色条纹之城。

但是描绘柏林却很难。你很难捕捉它。

众所周知，在柏林俄国人住在动物园四周。

知道这个事实并不快乐。

在战时人们常说："大家都知道，德国人通常在春天发起进攻。"就好像德国人是像春天一样到来似的。

俄国人聚集在柏林古老的路德会教堂周围，仿若苍蝇绕着枝形吊灯在飞。就像为了防苍蝇在吊灯上面悬挂着纸气球一样，路德会教堂的十字架上方也被钉上了一根奇怪的带刺胡桃木。

从这个胡桃木所在的高度可见的所有街道很宽阔。楼房都一样，就像手提箱。女士们穿着海狗皮大衣和厚重的高腰套靴在街上穿梭，而你也穿着海狗皮制的鼠皮色大衣置身其中。

在街上奔走的还有穿着粗呢大衣的投机商人，成双成对的俄国教授们，他们双手拿着伞并且背在身后。街上有许多电车，但是乘电车全程观光却是没必要，因为整个城市都一个样。商店林立，文物古迹仿若一套茶具。我们无处可去，成群地生活在德国人中间，就好像河岸中心的湖泊。

这里没有冬天。时而下雪，时而开化。

1　拉菲尔的名画《西斯廷的圣母》，圣母原名叫麦当娜。

因为潮湿，因为战败，钢铁般的德国也生锈了，而缺乏钢铁般意志的我们也和它一起锈迹斑斑。

在克雷斯特大街，伊万·布宁家对面的那栋楼里住着叶列娜·费拉丽[1]。

她肤如细瓷，睫毛浓密细长盖过眼皮。

眼睛一眨一眨的就像保险柜的两扇门。

在这两栋知名的高楼之间温特尔格鲁德的火车从地下驶出，呼啸着爬上路基。

火车一路上发出像重型炮弹升空一样的叫声，从车站驶向维滕贝格广场。

火车在红色的路德会教堂身后迅速驰过，那的教堂和柏林的一模一样，我们只能通过他们所处的街道将其区分开来。

火车在红色路德会教堂身后的楼洞疾驰而过，就像穿过凯旋门一样。

整个柏林、三角铁路站[2]的火车运行线路都比较长。对于生活在德国人中间就像处在河岸中间的俄国人来说，三角铁路站是换乘车站。

火车从这里驶向莱比锡广场和其他广场，那里的穷人们在卖火柴，导盲犬身上盖着罩单，安静地躺着。

手摇风琴在抽噎着，它们既不弹奏“哦，我亲爱的奥古斯汀”[3]，

1　耶列娜·费拉丽（1899—1939），文学家。

2　克雷斯特大街附近的交通枢纽，地铁和城市铁路的中转站，鲍里斯·帕斯捷尔纳克在诗歌《克雷斯特大街》（1923）中描绘过它。

3　19世纪德国抒情诗中比较流行的一句诗，在跳华尔兹时经常当作音乐伴奏。

也不弹奏“德意志，德意志高于一切”[1]，它们完全是在呻吟。这是柏林机械式的控诉。

要是你不去广场上，而是直接从三角铁路站出口出来，那么你一个德国人，一个教授，一个投机商人都见不到。

四周，黄色长楼房的屋顶、地面、铁路路基以及穿过路基通往其他的路基，更高的路基都铺设了铁路、有轨电车的轨道。

还有成千上万的灯光、灯笼、道岔、三条腿的铁球、铁路臂板信号机，周围全是臂板信号机。

我很苦闷，侨民的爱情和一百六十四路电车将我带到了这里。我长时间漫步在十字路口下的立交桥上，所有的道路都在这里交叉，就像通过一个圆圈织起的披巾线一样。

这个圆圈就是柏林。

我思想的圆圈就是你的名字。

我经常夜里从你那回来，要在十二座铁桥下通过。

走走，唱唱。想想为什么要去德国的中心——三角铁路站，为什么要去德国汉堡门，生活提供的仅仅是现成的东西——像箱子一样的房子，坐上它无处可去的电车。去了就是回来。

我走在十二座铁桥下的路上。

我得走很远。每个晚上，在波茨坦大街的角落里，我都能看到一个带着红色帽子的妓女。

1　当时德意志联邦共和国国歌中的第一句。1841 年 8 月 26 日晚，德国自由主义诗人奥古斯特·海因利希·霍夫曼·冯·法勒斯雷本教授创作了一首反映当时德国人民心愿的诗《德意志之歌》。1922 年这首诗歌被首次定为德国国歌。

她看见我后低声唱着什么，然后用我听不懂的语言讲话。

我走过去，离她远远的。

该怎么办呢，带红色帽子的同志！

世界上有各种各样的野兽，它们都按着自己的方式赞美神和指责神。

你潜入海底不说话，因此只从海底拿出一粒像淤泥一样的沙子。

而我有许多话，有力气，但是我要对她说话的那个人是个外国女人。

一封信[1]

这封信是《俄国知识分子史》中必不可少的一章。信中有一个词"试情畜"。整封信有失体面，因此我希望它没有被寄出去。

你说得对。我和那个英国人在一起做蠢事。

但我从侧面看见自己，我很担心自己的命运。

文学命运。我正在写本书。

俄罗斯文学传统不好。

俄罗斯文学描写失败的恋情。

在法国小说中，主人公就是占有者。

我们的文学，从男人的视角看，就是一本连续的批评簿。

可怜的奥涅金，塔基亚娜嫁给了别人。

可怜的毕巧林没有得到维拉。

列夫·托尔斯泰——一个并不做作的作家笔下也有同样的痛苦。

怎样才能够构思出比安德烈·博尔康斯基更令人着迷的主人

1　这封信在初版时作者并没有收入其中，2002 年再版时由编者收入书中。后同。

公呢?

要像托尔斯泰那样聪明、勇敢、会说话、受过良好的教育，甚至看不起女人。

但是在法国小说中，主人公就不可能是他，而是安纳托尔·库拉金。

是美男子和奴仆。

娜塔莎嫁给了他，而玛丽也可能是他的。安德烈·博尔康斯基像《俄罗斯知识分子》中所有的主人公一样遇到了同样尴尬的处境。

恰普林曾经说过，当一个人不可思议地将门窗关上，又装出好像什么也没发生的样子，那时这个人就更加滑稽可笑。

例如，当一个人把领带戴在头的下方并试图整理它的时候，他是可笑的。我们所有人都是一边生活，一边整理自己的领带。但是我的那条领带（就是你送给我的那一条），还没有在我的脖子上住惯。

而我，身陷这样的文学环境，并不知道该怎么办。

似乎，开些玩笑，讲些稍微放纵的话语是种习惯。就是这样。

让马与马交配，这很不体面，但不这样做就不可能有马。母马通常很激动，它并没有失去保护反射（大概，我说得混乱），因此它没有输。

它甚至可能去踢那匹公马，种马安纳托尔·库拉金的失败恋情并非命中注定。

它的爱情之路上撒满了玫瑰，只是过度劳累可能会终止它的恋情。

那时，个子矮小的公马会被选中。它可能心地最美，人们让它走近母马。它们互相调情，但它们刚开始谈好（不是直接说这个词），可怜的小公马就被人从后脖颈拽到一边去，人们让种公畜走近雄性动物。

第一匹公马被称为“试情畜”。在俄罗斯文学中，它还得益于我们之后谈到的几个高尚的词。

试情畜的工作繁重，有时它会神经错乱而自杀。俄罗斯知识分子的命运就是这样，俄罗斯小说中的主人公就是试情畜。

我想随便说出几个定型的主人公。但是，我不能，这像是在侮辱。我们在试情畜的革命中起过作用。中间团体的命运就是这样。俄罗斯侨民——这是试情畜的革命组织，是一个失去阶级的自我觉悟的组织。

否则就可能不让它跑到街上去。

多痛苦呀！

而我将不谈爱。

你瞧，我一直在谈论文学。

第十九封信的序言

给艾丽雅讲阿司匹林，讲腌鲱鱼土豆，讲电话，讲爱的惯性，讲英国舞者和奶娘斯乔莎。序言中详细地阐释了为何不需要读艾丽雅写的信。

艾丽雅的信是整本书中最好的一封，但是现在不要读它。放一放，等书写完了再读。我现在就给你讲讲为什么要这么做。

过去我没有读完这封信。我只是吻它一下，快速浏览了个别部分，信是用铅笔写的，而我没有读完。

我现在就讲讲原因。我是个聋子。即生活中，我们要焊接锅炉，就得用钳子从里面按住铆钉。耳边是震耳欲聋的声音。我发现，人们的嘴唇在动，但我什么也听不见。我被生活震聋了——人们也聋了，很闭塞。

不久前，即三月十号，这本书已经写完了，我才读完了艾丽雅的这封信。我读了四个小时，这封信是她写得最好的一封。坦白说，我没有刊载它。信中谈了有关爱的惯性的真理和一个没有说完的关于不幸的惯性的真理。

在国外我必须使自己的性格、习惯、举动等有所改变，因此我为自己找了一份促使自己改变的爱情。我要是看不到这个女人，就得马上去找她，看她是否还爱我。我不能谈爱，否则她就可能不爱我了。但是一切都是注定的。这封信打破了有关两种文化的框架，是因为那个女人谈到了自己的奶娘斯乔莎。

因此，亲爱的朋友们，请不要读这封信。为此我故意用红笔将它勾掉。目的是让你们不弄错。

怎样从结构上理解这封信？它已经被放在这里了，不是吗？

请说一说，你需要哪种特点的结构布局？如果需要，就读吧！对于讽刺作品来说，所述事件具有双重谜底是必需的，通常用不如以前的方法就能够弄懂它，比如说，在《叶甫盖尼·奥涅金》中就有这样一句："还是一本滑稽之书，细语连篇？"[1]

在本书中我指出了女人的第二个谜底，也给出了我本人的第二个谜底。

我是个聋子。

如果你相信我关于结构布局的阐释，那么你势必得相信，艾丽雅的信是我本人写的。

我不劝你相信，它是艾丽雅写的信。

此外你什么都不用懂，因为一切都是校样。

---

1 《叶甫盖尼·奥涅金》第七章，第二十四节最后一句。

第十九封信[1]

不应该读这封信。这是艾丽雅在生病时写的信。信纸是随手拿到的一张横格纸。本信是全书中最好的一封，但是不应该去读它，正因如此它才被划掉。

在这张从学生练习本上撕下的横格纸上可以写点什么呢?

你不要去数错误，也不要去打分。我嚼了三片阿司匹林，喝下了数量惊人的烈酒，穿着毛皮大衣，赤着脚在屋里走来走去，和一个人通了电话，吃了腌鲱鱼加土豆，很长时间什么都不干，现在给你写这封信。

当一个女人给你打电话，你就会连跑带颠地到她那里去。你是打情骂俏啊，还是下流胚呀，要不就是两者兼具!

假若你是一个女人，那么我所谓的维特海姆[2]和你那家大企业相比就成了一个微不足道的小铺子了。然而你的爱情惯性却令我有些生畏，简直可怕。你大喊大叫，又对自己的尖叫感到生气，结果

1　原著中此信被打上了一个大红叉。

2　德国北部的一个比较舒适的不大的城市。

你就喊得更厉害了。要是你凭着惯性向某种和你完全不配的东西求爱该怎么办呢？我这么说你可别生气呀。

去给自己做套新衣服吧，要有六件衬衫——三件拿去洗，三件留着自己换着穿。我将送你一条领带，去把鞋子擦干净啊。

跟我就谈谈书，我会洗耳恭听。

现在我要睡觉了。难道我要生病，明天无法跳舞吗？

舞会上有个高贵的英国男人兼跳舞能手（两个同等的优点）。难道我生病了吗？

天这么冷。我需要一双高腰棉套靴，或者一辆小汽车。

灵魂抵押给魔鬼如何？或许抵押也不错。

昨天一整天我都在想着我的奶娘斯乔莎。

我一边想她，一边乘着电车往回走——后来我哭了。

我长得不太像妈妈，而像斯乔莎。斯乔莎皮肤白皙，面庞红润，身体丰满，性格温和，爱笑且喜欢男性。因此才不止一次当奶妈。

每次，她就像去育婴堂似的来找我父亲，因为没钱了。

爸爸责骂她，为什么不向那个坏蛋要钱。

“去他的吧，老爷！”

她就像爱亲生女儿那样爱我。我两个月时她就喂我菜汤，有一次她自己还中毒了，是因为她吃了很多人家在别墅里熬制樱桃果酱时扔掉的果核。当我再长大点，她就带些礼物来看我，站着，对我以“您”相称；等人们都离开后，她就坐下来和我一起喝茶，对我以“你”相称了。当我完全长大的时候，我才开始理解她那快乐的天性。“我的女主人有个女朋友，我就不明白了，她过得怎么就像个修女似的呢!”说罢她还哈哈大笑，让人觉得是那样温暖，她身上散发着斯乔莎特有的气息，那气息就仿若她打开她的木箱盖子后散发的那种棉布和苹果的气味。她有一个翘鼻子和一双调皮的眼睛。

厨娘认为，到我这来的年轻人太多了，她以为我们在虚掩着的门后胡来。“你怎么回事，”她说，“斯乔莎，听说你生了一个私生子，难道你也要她们像你这样吗?”

有一次她在一户大富人家当女佣。这家被盗了。

像往常一样，她眼泪汪汪地来找我爸爸，说她要被拖去警察局。

我爸爸问她：

“屋里被盗时你在哪里?”

“在新圣女修道院，在一个修女那做客。”

“那么你就直说，他们会放你出去的。”

“瞧您说的，老爷，怎么能把修女扯到这种事里来。”

她无论如何也没说这件事，在监狱里蹲了些日子，后来小偷被抓到，她才被放了出来。

然而，当革命后我妈妈劝她去投票时，她说，经过那起银匙失盗案后，什么东西也不能诱使她去段上了。

很久很久以前我就允诺要在我结婚时送她一件丝质连衣裙。

但是她却还没有收到……

现在我连睡意都没了，我是那么的爱斯乔莎。

吻你，亲爱的，但愿我可别病倒。

艾丽雅

我为什么要用斯乔莎来对你施加压力呢?

第二十封信

这封信写作时间不详。

艾丽雅，我就像是躺在你脚边的地毯！

第二十一封信

这是艾丽雅写的第五封信。在这封信里写到了塔希提岛，岛上情况很糟。岛上的轮船散发出一股汽油的味道，这很不好。这个岛位置太远，人们不喜欢它。就算你住在那，也会觉得它很遥远。信中还谈到了一匹名叫塔妞莎的马和它在莫雷阿岛上的出航。从塔希提岛到这个岛需要乘行一个半小时。

亲爱的，我喜欢回忆塔希提岛[1]，但是我不喜欢讲它。妈妈总说我对时事和周围世界一无所知：我不知道塔希提岛上有多少居民，多少白人，多少黑人，方圆多少平方公里，山有多高。我只不过是被拉回到一个可爱的小岛，神奇的海边。那里的海水碧蓝如墨，岛屿周围珊瑚礁环绕；波浪喧嚣击打着礁石，浪花四溅构成一束巨大的永不凋谢的白色花环；那白色的小花——栀子花——在那黑色笑脸背后正不知疲倦地散发着香气；螃蟹横着身子在岸

1 塔希提岛，又称大溪地，是南太平洋上波利尼西亚群岛中最大的一个岛屿，是法国领地，艾丽雅·特里奥莱于1919—1920年住在这里。

边蹿来蹿去；太阳隐没在岛的后方。这就是我知道的、看到的和感受到的一切。

不过，我要谈的不是这个；我想给你讲讲塔妞莎。安德烈[1]给我一匹小马。出于故意刁难赤道、高温和椰子树，我给它起名叫“塔妞莎”。当老黑人塔普叫它“塔妞萨”时，我就特别满意。我自己照料它，给它刷身、喂食、饮水。它对我也很亲近。它走到台旁吃香蕉并且轻轻地嘶鸣，吃完香蕉后塔妞莎就变得很有光彩很美丽，它的性子就突然变了。它不愿意让别人骑它，然而当你坐上它时，它就开始这样那样地转来转去，向后退，反正不管身后有什么——水，铁丝网还是人。后来它干脆跑到岛屿深处——我就不得不找它！安德烈恰好不在，他经常去参观别的岛屿。而我的卧室旁边有五扇门，一扇窗户！全都开着！塔希提的夜晚是那样的寂静，那样的明亮，在这样的夜晚每个塔希提黑人都不会离开家门。我吓得头脑发呆，眼泪直流。后来我猜到是塔普睡在门前。正是在塔妞莎逃跑后我哭了一整夜。在那段时间内我经常哭，塔普听到我哭就认为我是害怕——害怕丈夫回来后会因为马不见了而打我。第二天早晨他就对我说：“你别哭了，我去找塔妞萨，你丈夫什么也不会知道。”他派出了所有的黑人小孩到处去找，终于把塔妞莎找到了。

当安德烈回来知道塔妞莎逃跑后，他马上就把它卖掉了。他把马看得和人一样，他发现塔妞莎的忘恩负义，他无法忍受。塔妞莎

1　即皮埃尔·马里·安德烈·特里奥莱（1890—1971），艾丽雅·特里奥莱的第一任丈夫，此时正离异。

被装上轮船送往莫雷阿岛一个英国人那儿。可是，当它颠沛流离，穷困潦倒后会怎么样呢?

你谈到我——是为了你自己，我谈自己——是为了你。

艾丽雅

第二十二封信

在我看来，意料之外的一封信完全是多余的。这封信的内容，显然是从写信人的另一本书中截取的，但是，或许编书者觉得为了作品多样性有必要收入这封信。这封信和谈塔希提岛的那封信完全不同。[1]

不久以前我曾经到过斯卡拉剧院[2]。它位于路德大街上。演出的节目五花八门：一个杂技演员肩上顶着一根杆子，另一个杂技演员倒立在杆子上，两名杂技演员在吊杠上飞快地旋转，所以从下面望上去，她们仿佛两个绿色的花瓶，但是她们投射到幕布上的影子却一直是人影。节目如此之多，一言难以蔽之。那里还有个样子很令人讨厌的人，他先是用牙齿叼着两普特重的秤砣做跪撑体操，然后他用牙齿咬住一把椅子的靠背，把捆在一起的三四把沉重的椅子从地板上叼起来。我这个牙齿不好的人不喜欢看这个。

1　指第二十一封信。

2　斯卡拉剧院，位于柏林路德大街上，这里经常演出俄国的文化节目。

那些自行车演员看起来很愉快：他们把自己的自行车竖起来，用自行车后轮在舞台上绕圈子，然后他们骑上什么圈，不慌不忙向幕后骑去，而且所有人都吹着号。

汤姆·索亚[1]可能会喜欢这个节目。

接下来是巴拉莱卡琴[2]演奏家的演奏。

还有俄国演员们跳的舞蹈。

一个速写画家画着各种漫画。

他画了一个投机商人，然后又在他周围添画了铁窗。

令我吃惊的是这台音乐杂耍节目曲目之间竟毫无联系。

对待艺术有两种态度。

第一种态度的特点是：作品被视为通向世界的窗户。

艺术家们希望通过言语和形象来传达言语形象背后的东西。此类艺术家配得上翻译家的称号。

第二种对待艺术的态度是：将艺术视为独立存在之物的世界。

词语、词语之间的相互关系、思想、思想的嘲弄，上述诸方面互不吻合就构成了艺术的内容。如果把艺术同窗户相比，那么也只能是和画出来的窗户比。

复杂的艺术作品通常是先前即已存在的、更为简单的，尤其是篇幅短小的作品的组合与相互作用的结果。

长篇小说由一些片段即短篇小说组成。

剧本由词语、俏皮话、动作、动作与话语的组合以及舞台规则

1　美国作家马克·吐温（1783—1842）《汤姆·索耶历险记》中的主人公。

2　一种俄罗斯民间乐器。

构成。对于莎士比亚来说，演员精彩的俏皮话是最终目的，而非刻画典型的手段。

在最初的长篇小说中，主人公的个性是连接各个部分的手法。随着艺术作品的演变，人们的兴趣才被转移到各个连接的部分。

心理动机、合乎情理的情景更迭要比成功地穿连各个瞬间更加令人感兴趣。出现了心理小说和戏剧，并且从心理角度去理解以往的戏剧和小说。

这大概是由于到当下“时序”已经庸俗过时。

艺术的下一个阶段——就该是心理动机的过时了。

必须对心理动机加以改造，使之“陌生化”。

这方面司汤达的长篇小说《红与黑》[1] 就很有趣，作品中主人公经常强迫自己行动，就像是故意和自己作对似的；他行为的心理动机与他的行为是对立的。

主人公按照浪漫冒险的公式行动，却按照自己的方式思考。

列夫·托尔斯泰笔下的人物心理是由主人公们为自己的行为选择的。

陀思妥耶夫斯基则把人物的心理与他们道德价值观和社会价值观对立起来。

他的小说情节以刑侦的速度发展，而心理描写则被限制在哲理分析的范围内。

最后所有的对立都耗尽了。

---

1 司汤达（1783—1842），原名马里·亨利·贝尔，司汤达是其笔名，19 世纪法国杰出的批判现实主义作家。《红与黑》（1830）是他的代表作。

这时唯有转到“片段”上去，扯断被用得千疮百孔的布幅穿连起来的这种结合。

在现代艺术中最有生命力的就是文集和杂耍剧，此种艺术出自对独立片段的兴趣，而非出自对连接片段的兴趣。在歌舞剧之间的插入节目中可以见到某种类似的情况。

然而在这类戏剧中可以见到一种新的联结各个部分的因素。

在一家上演像“斯卡拉”剧院一样的幕间歌舞[1]节目的捷克戏院里，我还见到了一种手法，这种手法似乎在马戏中早就被采用了。在每个节目结束时，一名滑稽小丑都要模仿这个节目并且拆穿其中的奥秘。例如，他在表演时背朝观众站着，观众能够看见，消失的纸牌到底去哪里了。

在这方面德国戏剧仍然处在一个非常落后的发展阶段。

我现在写的这本书[2]是一个非常有意思的现象。我把它取名叫《动物园》《不谈爱情的信札》或《第三个爱洛伊丝》；书中各个独立的片段都通过一个男人对一个女人的爱情联结在一起。这本书是我为摆脱一般长篇小说的框架的一次尝试。

我是为你写这本书的，并且写这本书时我感到了身体上的痛苦。

1　幕间歌舞节目，正式节目后的余兴，由各种短小的节目组成。

2　什克洛夫斯基为这本书规定了三个不同的标题。在书中，他是文学理论家和作家，是作品的主人公，这是一部偏描写的语文体小说。

第二十三封信

这是关于塔希提岛那封信的回信。此信以回忆开始，一月份在回忆，信却是在二月中旬写完的，回忆就显得并不可靠。蒸汽时代、电灯的发明和希米舞加快了生活的节奏。这封信的结尾是尝试用献词形式写的，信中最后几段被赋予一种热情奔放的风格。那么请给点评论吧。(同一天中的第二封信)

你谈自己是为了我。

你可以为了我笑，可以为我吃饭或者是为我和某人去某个地方。而我为了你什么都不能做。

你大概不记得你曾在我的记事本上写过的话了。

要是他们真的只待一分钟，要是你能忘记他们，我就可以为你谈谈我自己或者为你谈谈你。

但是记事本丢了，信函是无法诉请追偿的。

请原谅我，艾丽雅，在我的信中又一次赤裸裸地溜出了“爱”这个字。我疲于谈的不是爱。我的信中总是提到一些与你陌生的人，三个一起，四个一起，有时会是整个合唱团一起介绍给你认识。

请允许我话语自由吧，艾丽雅，这样我才能向你诉说所有啊。

请允许我谈谈爱吧。

但是哭是无意义的，因为我本人就是一个快乐开心的人，就像夏天的伞一样。

你的信写得很好。你的声音很忠诚——你不用假声。

我甚至有点羡慕。

你到过塔希提岛，此外，你写东西也很容易。

你不知道——这很好——因为好多话是禁止说的。

禁止谈花。禁止谈春天。总之所有好话都处于昏迷状态。

我受够了机警和嘲弄。

你的信让我羡慕。

我多么想简单地描绘事物，就好像从来不存在文学，因此我可以合乎标准地写。

不过最好还是能用长句子描绘某些事物，例如："平静天气里的第聂伯河是神奇的。"

我也想写"永不凋谢的"花环，——不，最好是写"永垂不朽的"花环。

我将要写花，因为你的信我要加快速度。

艾丽雅，我不能履行诺言！

我爱你。很爱，就像爱我的扬琴。

这就是我要说的话。

你在电话里拒绝我的爱。这是我说的。

然而别人说："它是你生活中的唯一岛屿。你离不开它，就是因为它周围有海有花。"

现在我们一起谈谈。

女人，你怎么能不准我接近你呀！就让我的书像黑人塔普一样躺在你的门边吧！但是我的书是白的。没有，正相反。无须责备。可爱的人呀！就让我的书围着你，让它躺在那白色的、辽阔的、永放光辉的、永不凋谢的、永垂不朽的花环上吧。

第二十四封信

令人难过的是这封信和其他几封信没什么不同。信中谈到了会死的德国人，谈到了我们错过的那些女人，谈到了马克·夏加尔[1]，谈到了善于用叉，谈到了艺术史上土气的意义。

你觉得自己和文化界有联系。

和哪种文化有联系，艾丽雅？——文化包括很多。

每一个国家都有自己的文化，外国人拿不走它。

我时刻都在怀念圣彼得堡，怀念这座桥梁城市[2]，而你不会回俄国，因为你喜欢法国，但是你不会因为思念它而死去。

你是一个全面欧化的人。

如果汽车没什么重量的话，它就不能行使，它的重量靠它的轮

---

1 马克·夏加尔（1887—1985）：白俄罗斯裔法国画家、版画家和设计师，现代绘画史上的伟人。

2 圣彼得堡是一座水上城市，是一座桥的城市。全长 72 公里的涅瓦河从城中蜿蜒而过，有 32 公里的河面在城里。86 条大小河流和运河穿过市区，将市区中心部分分割为 42 个岛屿。现在圣彼得堡及其郊区共有各种桥梁五百多座，其中城内就有三百多座。它们将大小岛屿连接起来。因此人们常称圣彼得堡为“千桥之城”或“桥梁博物馆”。

子来支撑。

如果我不喜欢你，我就不会给你写这些。

然而你却如此折磨我，我对你没什么重量可言，艾丽雅的世界没有重量。

在博加迪廖夫家旁边的一栋住宅里，一户德国人家煤气中毒了。母亲留下了一张字条：“德国劳动者在这个世界上没有地位。”

德国人，我为没能帮助你而感到惭愧呀！

艾丽雅，请原谅我的令你不愉快的爱，请告诉我，你说的最后一个词是什么语言，是要死的意思吗？

我向你讲了形形色色的咒语，并把你和咒语相提并论。据说，人们就像有意进修道院一样故意陷入某种精神病状态。把自己错想成狗要比想象成活人容易得多。

我多想把自己撕成碎片，把我喜欢的部分分散到城市各地。

然而我不会。

有一次我们在一间成立不久的艺术家工作室集会。

房间里聚集了一些彼得堡人和莫斯科人。

屋内有个人谈到了签证。大家都说，在以前，一两年前，俄罗斯人相互间很愿意谈论护照，就像结了婚的女人愿意谈论出身一样。

这次大家不知何故都打开了话匣子。那些多半没有护照的男人，因为适应了当地的生活而住在这里。

但是女人呢？

法国女人、瑞士女人、阿尔巴尼亚女人（说真话）、意大利女人、捷克女人——她们很认真地在这里长期定居下来。

对男人们来说糟蹋自己的女人是难堪的。我能想象出在君士坦丁堡是什么情况！

可怕的是看到了相似的命运。我们的爱情，我们的婚姻，我们的逃跑——只不过都是心理动机。

我们失去了自我，变成了一块连接在一起的布幅。

然而艺术需要有地方特色，需要真实生动，需要异化（书信体语言就应该是这样的呀！）

我们将会像失去女人一样失去艺术技巧。

你觉得自己和文化界有联系，你知道，你有你的喜好，我也有自己的趣味。我喜欢马克·夏加尔。

我曾经在彼得堡见过马克·夏加尔。我觉得他长得像尼·尼·叶夫列伊诺夫[1]，他和他住在白俄罗斯小镇的理发师弟弟长得很像。

他穿着钉着珍珠贝纽扣的彩色坎肩，这个人的举止风度令人发笑。

他会把自己衣服的颜色和自己生活的小镇子的浪漫精神投入到自己的绘画中。

画中的他不是欧洲人，而是维捷布斯克[2]人。

马克·夏加尔不属于“文明世界”。

他出生在维捷布斯克，一个小县城。

革命后，维捷布斯克的艺术膨胀化，那里有一座大型的艺术学院。在那段时间里艺术经常膨胀，忽而这个城市，忽而那个城市：

1 俄国剧作家、戏剧理论家和史学家。
2 白俄罗斯城市，州首府，马克·夏加尔的家乡。

一会儿基辅，一会儿费奥多西亚[1]，一会儿梯弗里斯[2]，有一次甚至是伏尔加河上的一个小村镇——马尔克斯施塔特——哲学院也膨胀起来。

因此，维捷布斯克的所有小孩子都像夏加尔一样画画，夏加尔也因此受到称赞，他才能以维捷布斯克人的身份去巴黎和彼得堡学习。

要优雅地用叉，在欧洲哪怕是一个娇小姐都会做这个。还要清楚地知道穿什么样式的鞋搭配燕尾服，丝绸衬衫上缝什么样的纽扣。但这些常识我很少采纳。

但我记住了在欧洲的所有人——所有法律意义上的欧洲人。

但是艺术需要有自己独特的气息，只有法国人才散发法国的气息。

在这种情形下，拯救世界的思想于事无补。

最有效的是引入土气，使它与传统艺术相交。“巴拉莱卡”“旋转木马”等所有这一切糟就糟在伪造了俄国的土气主义。

这令人迷惑，影响了他们今后的工作，如画画，写小说。

然而写好——很难，我的朋友们总这么对我说。

按真实面目生活太痛苦了。

在这方面你帮助了我。

---

1 克里米亚半岛东南岩港口和疗养地。

2 1917 年前被称为第比利斯（格鲁吉亚首都）。

一封信

谈谈日本人塔拉楚基和他对玛莎的爱情。谈谈形形色色之人痛苦的相似性。谈谈富士山。信的最后是指责。

我很感伤，艾丽雅。这是因为，我很严肃地生活。或许整个世界都是感伤的。我记着那个世界的地址。他不会跳狐步舞。

1913 年我们俄国来了一个学生，日本人。他姓塔拉楚基。

他在日本大使馆当秘书。

在他生活的寓所里，有一个女服务员玛莎，她来自索利齐城[1]。客栈老板、住户、邮递员和士兵们都爱上了玛莎。

然而她什么都不需要。她在索利齐城已经有一个六岁的女儿，女儿称她为傻女人。

塔拉楚基的房间很暖和。我经常和他在一起并且给他读托尔斯泰。

我总是读得特别快。

1　索利齐，俄罗斯城市。

塔拉楚基的脸和我的脸通过挂在墙上的镜子映射出来。

我的脸一直在变化着，而他的脸一动不动，就好像脸外面长的不是皮肤，而是壳。

我觉得我们两个当中，明显只有一个是人。

他的世界对我来说是没有地址的。

塔拉楚基爱上了玛莎。玛莎讲起这件事时，一边笑着，一边尖叫着。

当她遛狗时，塔拉楚基送她。塔拉楚基对她的爱从 1914 年持续到 1918 年。

他爱了五年。

有一次他去找玛莎并且对她说：

“听着，玛莎。我有一个奶奶，她住在一座很大的富士山上，她住在花园里。她很有名，很爱我，在她的花园里还住着一只可爱的白色猴子。

（请别对塔拉楚基的行为大惊小怪，这是因为我教了他俄语。）

“不久前白猴子离开奶奶跑掉了。

“奶奶给我写信讲了这件事情。

“而我给她回信说，我爱上了一个名叫玛莎的姑娘，请她允许我们结婚。我希望你能成为我家庭中的一员。

“奶奶回信说，猴子已经回来了，因此她很高兴并且同意我们结婚。”

但是玛莎觉得很可笑，塔拉楚基在富士山有一个黄皮肤的奶奶。

她笑了并且什么也不想。

后来爆发了革命。

塔拉楚基找到了玛莎，那时玛莎没有地方住，他又开始求她：

“玛莎，这里人们什么都不知道。这里不能待了，这里将会有很多流血事件发生。

“和我去日本吧。”

革命还在持续。

塔拉楚基将玛莎带到了大使馆。使馆里所有物品都打包了。玛莎去了。

大使招待了他们并且匆匆地对她说：

“姑娘，您应该知道怎么做，您的未婚夫是个很富有、很出名的人。他的奶奶赞成你们结婚。

“想一想，别错过幸福。”

玛莎什么也没说。

而当他们走到街上的时候，她对日本人说：“我哪也不去。”她吻了吻他修剪过的头。

塔拉楚基再次出现在她面前。他很沮丧，他说：

“亲爱的玛莎，如果你不和我走的话，那么请您把和你一起散步的小白狗送给我吧。”

因为饥饿，没有食物来喂狗，所以玛莎将狗赠予了他。

塔拉楚基的最后一封信是从符拉迪沃斯托克[1]寄出的。信中这样写道：

1　即海参崴，清朝时为中国领土，1860 年《中俄北京条约》将其割让给俄罗斯，现为俄罗斯远东最重要的城市，俄罗斯海军第二舰队太平洋舰队司令部所在地。

"我带着你的狗来到这里，很快将继续赶路。你将会生活得很艰难。我等着你的回信，请给我写信，我将去接你。"

但是信勉强寄到，因为成百上千的铁路中断了。

而玛莎没有回信。她留了下来。

和以前一样大家都爱她。她不害怕革命，因为她没有一个出名的黄皮肤的奶奶。

她现在好像是在战时医药储备工厂工作。

当她想起那个日本人时，她很同情他。

所有人都爱她。她是一个真正的女人，她好像小草，似乎没有名字，没有自尊心，她活得没有自我。

我很同情那个日本人。

我认为，我真是白照镜子了，我错误地认为，我和日本人是不同的。

这个日本人和我很像。

我不认为，这将有助于巩固他国家的战斗力。

而你也不是玛莎。

在你的天空中代替星星的是你的地址。不过，一切并不那样美好，而是充满忧伤。

第二十五封信

谈春天、布拉格饭店、爱伦堡、烟斗，谈光阴易逝，朱唇依旧，谈心灵疲惫不堪，与此同时，他人朱唇日渐失色。谈我的心。

已经是零上七度。秋大衣变成了春大衣。冬天要过去了，不管发生什么，都不会再让我饱受这冬天之苦了。

我们坚信我们能回国。春天来了。

你曾跟我说过，在春天你总有这样的感受，似乎你丢失了什么或遗忘了什么，却又想不起来是什么。

春天我曾穿着黑色的披风漫步在彼得堡沿河的大街上。那里有白夜，当吊桥还未放下，太阳就已经升起。在沿岸街上我会有许多发现，而你则什么也发现不了，你只会注意你遗失了什么。而柏林的沿岸街道别有一番景致，同样的美丽。沿着运河的岸边走向工人住宅区是令人惬意的。

那里的某些河段正在被拓宽成寂静的港湾，起重机悬垂在河面上方，好似棵棵大树。在那里，在比你的住处还要远的哈雷谢斯旁边，矗立着几家煤气工厂共用的圆形塔，跟我们在奥布沃德运河边的圆塔一样。当我还是十八岁的时候，每天都送心爱的女孩到那去。即使是在沿岸上建着城市铁路高高的路基时，那些运河也是极美的。

我已经在回忆我失去了什么。

谢天谢地，春天来了。

布拉格饭店的那些餐桌将要搬到街上，伊利亚·爱伦堡[1]将会在那里看到蓝天。

伊利亚·爱伦堡在柏林大街上与他在俄国侨民居住的巴黎和其他城市的街道上的走路姿态一样，弯着腰，就好像在地上寻找丢失的东西。不过，这个比喻不太恰当，他不是弯着身体的腰部，而只是低着头，弓着背。他穿着灰色大衣，戴着一顶皮鸭舌帽。他头脑敏捷。他有三种职业：1. 抽烟斗，2. 是个怀疑论者，坐咖啡馆和出版刊物《作品》，3. 创作《胡里奥·胡列尼多》[2]。

就创作时间而言，继《胡里奥·胡列尼多》之后，爱伦堡创作了长篇小说《德·叶·托拉斯》[3]。爱伦堡身上发出各种光线，这些光线都有不同的姓氏，它们的共同特征就是它们都抽烟斗。

这些光线充溢着咖啡馆。

在咖啡馆的角落里坐着老师本人，他正在展示着抽烟斗的艺术，创作小说的技巧以及用怀疑的态度看待世界和享用冰激凌的方法。

由于天性的慷慨赠予，爱伦堡持有苏联护照。

---

1 伊利亚·爱伦堡（1891—1967），苏联作家，诗人、翻译家、政论家和社会活动家。

2 伊利亚·爱伦堡的长篇小说，1922 年在柏林出版。

3 伊利亚·爱伦堡的长篇小说，1923 年在柏林出版。

他持着这本护照在国外生活，无数次得到签证。

我不知道伊利亚·爱伦堡是个什么样的作家。

他过去的作品都不算好。

我想思考一下《胡里奥·胡列尼多》。这是一部非常报刊性的作品，有情节的讽刺小品文，作品中有一些假定性的人物和一个正在做祷告的老爱伦堡本人；以往的诗歌作品被拿来作为象征性的典型。

小说是照伏尔泰《老实人》[1] 的模式展开的，的确，它在情节的多样性方面是逊于后者的。

《老实人》的情节圈设计巧妙，当人们寻找居内贡达[2]之际，她就和他们生活在一起并且在日渐衰老。主人公得到的是一个正在回忆保加利亚男子娇嫩肌肤的老太婆。

这个情节，准确地说，是对“光阴易逝”和背叛行为的批判，早已经由薄伽丘[3]臻于完善。薄伽丘笔下的一个前去结婚的女子，途中从一个男人手里转到另一个男人手里，最后才落到一个坚信她贞操的丈夫手中。

然而在途中她了解的可不只是男人的手。这个故事以一句名言结尾：被吻过的朱唇，并未减少风韵[4]。

但是没关系，我很快就会想起自己遗忘了什么。爱伦堡有自己

---

1 伏尔泰（1694—1778），原名弗朗索瓦－马利·阿鲁埃，伏尔泰是笔名，法国著名思想家、文学家和哲学家，《老实人》是其代表作。

2 《老实人》中的主人公。

3 乔万尼·薄伽丘（1313—1375），意大利文艺复兴运动的杰出代表，人文主义杰出作家。与但丁、彼特拉克并称佛罗伦萨文学“三杰”，他的代表作《十日谈》是欧洲文学史上第一部现实主义作品。

4 见《十日谈》中“第二天”的“第七个故事”。

的讽刺方式，他的短篇小说和长篇小说都不是以伊丽莎白时代的花体字而写的。他好在没有继承伟大的俄国文学传统，而宁愿去写那些“糟糕的作品”。

以前我对爱伦堡感到气愤，是因为他由一个犹太天主教徒或者说是一个斯拉夫派[1]变成一个欧洲的结构主义者[2]，并没有忘记过去。

他没有从扫罗变成保罗[3]，他是保罗·扫罗维奇，仍在出版他的《兽性的温暖》[4] 一书。

他不仅是一个善于收集别人思想并写入自己小说的报刊工作者，而且几乎称得上是一个能够感受到古老的人道主义文化与目前由汽车构成的新世界之间矛盾的艺术家。

然所有矛盾中仍令我伤心的是：朱唇依旧，心非昔，那被遗忘的一切也与这颗心一样堕落得面目全非。

---

1 19世纪中叶出现在俄国的一个社会哲学思想流派，强调走俄国历史的发展道路，是与西欧派相对立的一个派别。

2 这里指的是绘画艺术上的一个流派，结构主义是先锋派的方法，用于绘画、建筑、照相、实用装饰艺术上，19世纪20年代至30年代中叶得以发展。

3 保罗，《圣经》中的人物，原名扫罗。起初信奉犹太教，后来改信基督，改名保罗。

4 爱伦堡的一部诗歌作品，1923年出版。

第二十六封信

谈面具，蓄电池发动机，“伊斯帕诺·絮扎”[1] 发动机罩的长度，总之谈内燃发动机，谈到如果“伊斯帕诺·絮扎”公司的汽车是人的话，就可以戴上耳环。作为汽车专家，我将要说：“信中充满了轻微的愤怒和诽谤。”

今天在半夜时我就醒了，叫醒我的就是我手上的这个怪物。

这个东西是个黑色的纸面具，而我就在房间的中间。

显然，我能去疗养院就好了。

谈论爱情又对我不好。

我们还是谈谈汽车吧。

打出租车是多么郁闷呀！

最郁闷的就是坐在电动发动机车里。没有动力它就开不走，它

1 这里作者显然是写错了，应为“Испано—Сюиза”，字面意思是“西班牙—瑞士”，也译伊斯帕诺·絮扎，是西班牙的汽车工程专门公司，以生产豪华轿车和航空发动机闻名于世。1898 年在巴塞罗那成立，几经被收购、破产、重组，终于成为 Hispano-Suiza 公司，涉足轿车、卡车、巴士、航空发动机和武器的开发制造。

靠自带的笨重的蓄电池充电，但是当它的电池极板放完电后，它就又不走了。

在我有生之年开过许多汽车，偶尔也被倒回来的车撞到。我载过很多人去上班。

在柏林我偶尔也想开开电动汽车，汽车司机都驾驭不了的那种，我那样做了两三次，但第三次时我犯了一个最难堪的错误。

我开的是那种电动汽车，当然，它有人造散热器，没有摇把子。怎样去驾驶这种没有动力就开不走的汽车呢？它的外观很假，就像缝在男衬衫前襟的胸衣和衬衫袖口，车身前面是个罩子，像是发动机罩，那里最怕接触抹布。

装扮成内燃机汽车的样子。

可怜的俄罗斯侨民呀！

它也没有动力。

在柏林大街上是不允许粗鲁地大声讲俄语的，因为德国人说话声音都很小。

活着，但要沉默。

驾驶死寂的蓄电池汽车，一声不响，毫无希望，漫无目的穿梭在城市里。屏住呼吸，松开一切，然后松开就将死去。

我们在俄罗斯充电，然后我们在这里转来转去，转来转去并且很快就将没电了。

蓄电池铅板只能转化成一种荷重。

铅酸变成酸的了。

柏林的俄罗斯报就散发着这种浓重的酸味。

我就写过充满沉重的酸酸的话。

我们最好还是谈谈汽车的品牌吧。

你喜欢伊斯帕诺·絮扎吗?

太多此一举了！你不会暴露自己的心事的。

你喜欢价钱贵的东西，即使在夜里容易弄混商品的价格标签，你也总是能在商店里找到最贵的东西。伊斯帕诺·絮扎怎么样？一款劣质汽车。珍贵的贵族汽车要有精确的行驶速度，司机侧身坐在里面，显得很无力——这是梅赛德斯一奔驰、菲亚特、德拉尼·别里维里[1]、帕卡德、雷诺、德拉戈，这些车都很贵，但是最贵的是劳斯莱斯，这种车具备非同寻常的弹性速度。

所有这些品牌的汽车在结构设计上都暴露出发动机装置和传动装置，此外还考虑到了减少空气阻力的办法。赛车通常正前方车头很长，质量要好，这是因为，赛车在高速行驶时，这种车身外形可以使周围阻力降到最小。艾丽雅，你发现了吗，鸟飞行不是靠尖形尾巴，而是靠宽阔的胸膛?

发动机罩的长度，当然是取决于发动机汽缸的数量（四个、六个间或有八个、十二个的）和汽缸的直径。人们已经习惯了机身很长的汽车。伊斯帕诺·絮扎是一款长轴距汽车，也就是说它的前轴和后轴之间的距离最大。

这款汽车转速高、速度快，换句话说，就像闻可卡因中毒昏迷那样快。它的发动机又长又窄。

1　应是德拉奇轿车，德拉奇公司 1905 年在法国成立，专门生产高级轿车，1954 年停产，现有轿车多为收藏品。

这是这款汽车的独特性能。

不过这款汽车的发动机罩很长。

因此，伊斯帕诺·絮扎被自己的发动机罩给隐蔽起来，它的散热片和发动机之间的距离不足一俄尺。对于冒充绅士的人来说，这是说谎的尺寸，这个尺寸破坏了车身的结构，令我大怒。

如果我能憎恨你，如果我能有时间唱：

> 逝去吧，
>
> 我们曾经走过的那些道路！——伊斯帕诺·絮扎

那么我就不会把对你的思念寄托在魔鬼身上，而是寄托在伊斯帕诺·絮扎上的这段空隙之处。

你的伊斯帕诺·絮扎贵，但不值一提。

这款车的车身被设置成带有倾斜的敞开式座椅形式，没有车门。面首们应该很喜欢它。

它的方向盘倾斜得有失体面，要是它是人的话，方向盘就是他的耳环。你的伊斯帕诺·絮扎的散热器没有用处，它装有牵引轴。它永远不会喜欢你。我感兴趣的是俄罗斯侨民的命运。不过，伊斯帕诺·絮扎有自己在山区行驶的远距离纪录。

第二十七封信

谈相对论原则，谈耳朵上戴着耳环的德国人。信中还引入了一个被变成少女的小老鼠的童话故事。

难道一个耳朵上戴着耳环的人就能成为一个具有异国风味的人吗?

肯定是的，化装舞会上就有这样的人。

一条时髦的裤子对于一个注重自己外表的人来说太畅销了，满大街上都戴着海狸帽子。

而正是你们自下而上延伸了它呀!

有什么办法呀，艾丽雅，我是从你那知道的相对论原则。

不过，这就是个故事。

一位隐士把一只老鼠变成了他喜欢的少女——可怕的爱情，但是为了排解柏林的孤独总得做点什么。

少女不爱隐士。他因而吃醋。

她对他说:“这就是你所谓的爱。”

少女还说："我最想要的是自由，你最好走开。"

隐士给她打电话说："今天真是个好日子呀！"

少女说："我还没穿好衣服。"

隐士说："我等你。我会陪你逛商店。"

少女买了东西。

然后隐士载她去城外，去万湖。

这时太阳仍然悬挂在天空中。

尽管还有许多商店没逛。

隐士说："你想成为太阳的妻子吗？"

这时云刚好遮住了太阳。

少女就说："云更强大。"

隐士很好说话，尤其是和少女。

他说："你想让云当你的丈夫？"

这个时刻风驱散了云。

少女又说："风更强大。"

隐士开始生气了。

电话损坏了他的神经。

他开始喊叫："我该把你许给风呀！"

少女生气地答道："我不需要风，我需要温暖，不要刮风。这座山为我挡住了风。山更强大。"

隐士明白了，妇人们在商店里总是长时间挑来挑去，而少女想的就是待在商店里。于是他就像个店员那样耐心地答道："那就要山吧！"

这时候少女的脸上发出了亮光。她变得愉快起来。

隐士甚至觉得自己都是幸福的。

少女用手指指着山下并且说:“快看呀!”

隐士什么也没看见。

“他太美了,太强大了,比山还强大,这才是我生活的实质,他多会打扮呀!”

“到底是谁呀?”隐士问道。

“一只小鼠崽,亲爱的隐士!”少女说。“看呀,他咬穿了山,他爱上我了。”

“好极了,”隐士说道,“你原来爱上的是这个呀,好,至少你爱上的不是个轻歌剧演员。”

于是他亲吻了一下少女,亲吻了老鼠的粉红色耳头,给了她老鼠的护照后就放走了她。顺便说一下,她可以带着这个护照在所有的国家登记。

不要为老鼠生气。

衣服上钉满了铜纽扣,就好像看电梯男孩穿的短上衣。

在一天内他数千次地升起又数千次地降下。

他就像一只老鼠,一只被捕鼠器夹住的老鼠。

我爱你——像太阳那样爱你,像风那样爱你,像群山那样爱你。

永远爱你。

一封信

信中埋怨痛苦太过短暂。他是个严于律己的人。他的痛苦已经足够装满手帕。此外，信中还介绍了一部著名民间童话故事的提纲。这封信没有被记录下来，然而没有说出的话却成了思想。

我向你发誓……我很快就写完自己的小说。

不给我回信的女人呀！

你把我的爱赶入电话里。

痛苦来找我和我坐在一张桌子后面。

我和他交谈。

然而医生说，我血压正常，我出现幻觉是受我从事文学创作的影响。

痛苦来找我。我和它聊，我心里算计着我们的谈话能写上几页。

好像只能写三页。

多么短暂的痛苦！

应该写写国际范围内发生的其他事情。

然而我可能不会这么做。

我没有这个能力。

我只能按你的吩咐，做六件衬衫。

“三件换穿，三件送洗。”

我需要摧毁原来的我，因此给自己找了一份能够使自己有所变化的爱情；我将要结束我给你写过的这一切。

人用石头磨刀。但他不需要石头，尽管他磨刀时总得把身子弯向它。

这来源于托尔斯泰。

他的作品写得很长，很好。

我命运中的一切都是注定的。

但是也可能不同。

我给小说写了第二个结局。

这来源于汉斯・克里斯蒂安・安徒生[1]。

这是能够发生的结局。

王子还活着。

他有两件无价之宝：母亲坟墓上长出的玫瑰和唱得甜美能使人忘记自己内心痛苦的夜莺。

他爱上了邻国的公主并且赠给她：

1. 玫瑰

2. 夜莺

1　汉斯・克里斯蒂安・安徒生（1805—1875），丹麦散文作家、诗人，世界著名的童话作家。

公主把玫瑰赠给了旱冰场教练，夜莺在她那待到第三天就死了：它无法忍受花露水和香粉的味道。

安杰尔先接下来讲的都不正确。

王子也完全没有乔装打扮成猪倌。

他借了钱，买了丝袜和尖头皮鞋。

他用一天的时间学习微笑，用两天的时间学习沉默，而用了三个月来适应香粉的气味。

他赠给公主两样东西：

1. 哗唧棒[1]，可以在它的伴奏下跳希米舞[2]。

2. 某件可以拨弄是非的东西，——大概是一本写有献词的书。

公主真的吻了他。

一天夜里，天很黑，下着雨，公主来到了王子那儿。

公主坚定地敲了敲门。

王子顺着楼梯栏杆飞快地跑下：每个晚上他都感觉有人在敲门，因此他学会了滑楼梯。

他打开了门，（我将为了立体派[3]而说）风打到了方形伞面上，雨水顺着伞棱流了下来。

王子立即认出了这把伞。

他头低得很低（因为他站在门槛上），说道：

“请进屋，公主。”

1　俄罗斯一种民间打击乐器。

2　20 世纪 20 年代流行的一种孤步舞。

3　20 世纪初造型艺术中的一个现代派。

她走了进去，雨还在下。

她很累，甚至都没有合上伞就上了楼梯。

王子让她坐在壁炉前面，生了火，铺上桌子就想离开。他打算给她拿两件礼物：

1. 玫瑰

2. 夜莺

王子心不在焉。

这时煎鱼开始笑起来。

在东方童话中，煎鱼一直都是笑的。我在自己的其他著作中叙述了这种相似性。

据我所知，在欧洲文学中，它还是第一次笑，还是在我的笔下。

当它发现某人赠予的不是哗啷棒而是真心时，它笑了。

这一次，它笑得精疲力竭，它扑棱着尾巴，溅起了汤汁。

“王子”，它说道，“你为什么要破坏别人的童话啊？”

“安杰尔先在背后诽谤我。”王子答道。

“我的房子和我的心都属于公主呀！

“大家都喜欢的人永远不会有罪的。

“而你就只得温顺地躺着不再溅汤汁，因为公主就要吃掉你。”

“是你被吃掉了啊，煎鱼王子。”煎鱼答道。

它这样说了两次，第二次它因无聊而死去：它不喜欢公主。

这就是小说可能出现的第二种结局。

公主和王子住在一栋楼里，因为城市里闲置的住宅很少。

王子变成了玩具大师：他修理留声机和制作哗啷棒，可以在它们的伴奏下跳希米舞。

公主就住在他的房子里。

但是她和别人住在一起。

原来，经过一点可以向已知直线作好几条垂线。

一切都可以理解，可以清楚理解非欧几里得几何学，可以理解双关语像胃溃疡一样很少使人发笑。

这就是一切——“如何去爱”。

第二十八封信

这是艾丽雅的最后一封信。信中艾丽雅谈到了爱情书信需要怎么写。这封信结尾语句充满愤怒："请你别再写如何、如何、如何爱我，因为在读到第三个'如何'时我就开始想到不相干的事。"本书作者真诚希望自己的读者不要收到这样的信。

你违反了我们的约定。

你每天都给我写两封信。我都收到你很多来信了。

我写字桌的抽屉里、皮箱的夹袋里、包里全都塞满了你的信。

你说，你知道，堂吉诃德是怎么造出来的，但是你却不能造出爱情书信。

你变得越来越凶。

而当你充满爱意地去写时，你又沉迷于抒情，释放出许多气泡……（在南方，我一边独自等着煎牛排，一边客气地向你写了这点。）

尽管你总是谄媚并且总说，我对文学的理解比你好，但是我对文学了解得并不多；我只对爱情书信在行。难怪你说参加某个机构，我一下子就明白了，是什么机构，谁和谁在一起。

你写信是谈自己，而当你谈到我时，就是指责我。

写爱情书信不是为了自己高兴，真正的爱人在恋情中是不会考虑自己的。

你用各种借口来谈那件事。

请你别再写如何、如何、如何爱我，因为在读到第三个“如何”时我就开始想到不相干的事。

第二十九封信

这是最后一封信，是寄给中央执行委员会的。信中再次谈到十二座铁桥。这封信请求批准他返回俄国。

呈全俄中央执行委员会申请书

我不能在柏林生活。

我所有的生活方式，所有的生活习惯都与今天的俄罗斯相连。我只会为俄国工作。

我住在柏林是不对的。

革命改变了我，没有革命我便无法呼吸。在这里只能被憋死。

柏林的忧郁就仿若碳化物的尘埃，令人痛苦。我给一个女人写了很多封信后才写这封信，对此你们不要觉得奇怪。

我根本没有卷入这桩爱情事件中。

我给写信的女人从来就不存在。或许存在也是另一个女人，一位好同志，我的朋友，只是我没能和她达成相互谅解。艾丽雅只是一个隐喻。我杜撰了这个女人和爱情是为了写这本关于隔阂、关于异邦人、关于异国土地的书。我渴望回俄国。

过去的一切都已过去，我的青春、自信都被那十二座铁桥剥夺殆尽。我举起手又放下。

请批准我和我全部简单的行李：六件衬衫（三件随身换穿，三件送洗），一双错上了黑色鞋油的黄色皮靴，一条我费尽心思也没有压出裤线的蓝色旧裤子进入俄国吧。

第三工厂

文学回忆录

我的续说[1]

我在用沙哑的声音说话，沙哑是因为沉默及我在写这篇讽刺短文[2]。我就从久置于书桌上的文字片断着手写吧。

（这篇讽刺文）就像电影开头粘贴的一段跑光了的底片，或是其他什么胶片。

而我粘贴的却是一些理论文本的片段。[3] 士兵在部队渡河时通常会端起自己的枪支。

所有一切都变得枯燥乏味。这就好比一个人在干咳。

早在 18 世纪及 19 世纪初，“笑话”一词是指对某事所做的有趣的报道。

所以，今天关于“克鲁帕”工厂制造每气缸 2000 马力的柴油机的报道，对于那个时代而言就是一个笑话。而从当时的角度来看，

---

1 此书根据第一版单行本（1926）印制，并依据留存下的手稿和校样做了些许修改。《第三工厂》的最初提纲于 1925 年夏天完成；显然，书稿的主要部分写于 1925 年秋冬到 1926 年年初。书稿结束于 1926 年 3 月。

2 对于什氏来说，讽刺短文不是文学创作，更不是理论创作。

3 指什克洛夫斯基写于 1923—1926 年尚未完成的《论现代俄国散文》一书。

那些彼此没有明显联系的报道所构成的历史乃是一种笑话史。有时甚至是哲学笑话。

在那时，笑话中的俏皮可以没有意外的结局。而现在，我们常把有结局的短篇称作笑话。在我们看来，讲笑话之后问的“那接下来是什么”乃是荒谬的，但这是今天的视角。

首先，一个笑话报道之后等待的是另一个笑话的报道。所以，我们在当代的笑话中主要感受到的是结构，而在旧的笑话里容易被接受的报道，则首先是引人入胜性，即素材。

这可谓一种斗争，或确切地说，在接受作品时很容易发现两种相互交替的因素。

> 我不想说俏皮话。
>
> 不想建构情节。
>
> 我要写的是事物和思想。
>
> 就像一个写满引证的论集。

如今，时代反转了过来：我们认为是笑话的，并非俏皮的报道，而是被报纸上琐碎栏目登载的诸多事实。每个剧本中的个别瞬间，都是单个的自足的创造。作品的结构要么完全没提出来，要么即使偶尔存在，也常被作者毁掉。而读者又发现不了这种过错，因为这一行为所面对的是不恰当之客体，毁掉的是半死不活的东西。如今我们备感兴趣的冒险小说，与刚才所说的思想并不矛盾。冒险小说——这是一种无目的地将相关的线索串联在一起的小说。

我们把回忆录接受为文学，旨在审美地感受回忆录。

这一点是不能用以革命的态度来解释的，因为就时代而言，那些与革命毫无联系的回忆正在被人们贪婪地解读着。

诚然，情节小说现在存在，将来也会存在。但它的存在是以传统技巧为储备的。

关于红色的小象

红色的小象，我儿子的玩具，我的书里首先提到你，目的是为了其他人别忘乎所以。

红色的小象在尖声叫着，所有的橡胶玩具都在尖声叫着，要不然它们拿什么来呼吸呢？

这不，违背布雷姆[1]的意愿，红色的小象在叫着。我也在高耸于阿尔巴特大街的巢穴里[2]沙哑地叫着。

那些稀有鸟类飞到我这里并不感到呼吸困难。我在自己的巢穴里已忘了深呼吸的习惯[3]。

我的儿子爱笑。

当他第一次看见马时，就笑了起来，他以为马长了四条腿和长嘴巴是在开玩笑。

1　布雷姆（1829—1884），德国动物学家，著名百科全书《动物的生活》的作者。小红象是什氏小儿子的橡胶玩具，它的叫声不同于真实的象。

2　指作家自己的安乐窝。1924—1927 年什氏一家住过的地方：斯卡捷尔胡同 22 号，31a 宅。

3　这是对果戈理《可怕的复仇》的讽刺性借用。

我们被塑造成不同的形式，但一旦受到挤压，就只能发出一种声音。

红色的小象，你走到一旁吧，我不想用开玩笑的方式看待生活，我想用自己的声音而不是借助尖叫的儿童玩具[1]，来向它倾诉诸多的事情。

讽刺短文到此结束

1 指橡胶玩具上的出气孔。在什氏的隐喻型小说中将玩具的叫声与作者的声音联想，作者想用自己的声音说话，但外界的压力影响他，他不得不屈服。

我在写：存在决定意识，良心不是被安排好的

马克·吐温一生都在书写两种信——一种寄出去的，一种写给自己的，并且写其所想[1]。

普希金也写过手稿式的信札。

晚秋的最后日子。在斯卡捷尔特、恰什尼科夫、赫列勃内的街巷里[2]，枯萎的叶子在沙沙地发出响声（好像有人在捣毁异常的手稿）。有人在拉小提琴[3]。我无权隐瞒这些。

当调色灯变绿灯时，在我身旁出现了街道的镜头。

我边走边唱：

不，你不是我亲爱的，

---

1 确切地说，马克·吐温有不少信是没寄出去的。

2 恰什尼科夫街巷连接着厨师街道和粮食街巷，现在已消失。

3 暗指艾亨鲍姆（见下文《给迪尼亚诺夫的信》），借用果戈理《钦差大臣》开篇：伊万·吉利洛维奇发胖了很多，并一直在演奏小提琴和其他乐器，并且据他所说，很长时间都因“音乐和文学”的冲突而备受折磨。

亲爱的不可能这样。[1]

编辑部里用胶合板隔断，思想是成套的，从某地来到外面没有好转，那是不可能的。

我四处奔波着，就像被弹来弹去的橡皮软管。书的名字叫作《第三工厂》。

首先，我任职于国家第三电影制片厂[2]。其次，解释这个名称并不难。第一工厂对我来说是家庭和学校，第二工厂是奥勃亚兹。

而第三工厂——现在锻造我的地方。

难道我们知道人是怎样被锻造出来的吗?

或许，强迫他站在柜台前是对的。或许，令其从事不对口的专业也是合乎实际的。

这就是我在用自己的而非小象的声音所诉说的。[3]

时间是不会犯错的，它在我面前不会出错。

这种说法并不符合实际:“全体连队步调不一致，只有一个准尉步调一致。”[4] 我想和自己的岁月对话，想明白它的声音。[5] 现在我觉得写作是一个很难的事情，因为一般文章的长短很容易就能达到。

但是艺术需要偶然。书的薄厚永远取决于作家。

---

1 出自于H. 阿的叙事诗《抒情插叙》(1924)。

2 国家第三电影制片厂的地址（1926年已有“第一电影工作室：苏联影视”之称）是：第一布良斯克街巷11号。

3 指“我”不会像小象那样尖叫——暗示儿子的玩具。

4 此处并不准确地引用了库普林的中篇小说《决斗》(1905) 中的语句。

5 参见马雅可夫斯基的叙事诗《放声歌唱》：“我要讲述的是时代和自己。”

市场给作家提出供需之声。

文学作品以材料为生。“堂吉诃德”和“少年”都是因不自由而创作的。

必须采用指定的材料，不自由向来会产生创作。我需要设计师的自由，需要揭示材料的自由。我想，维尔纳式的家具不可能只是用石头制作的。现在我需要时间和读者。我要写不自由，写斯米尔金[1]有稿酬式的书，写杂志对文学的影响，写关于第三工厂——生活。我们（奥勃亚兹）不是懦夫，也不会止步于风暴的压力。我们醉心于革命，存在于每小时 100 俄里的空气里。当汽车将速度放慢到 76 迈时压力就会减弱，这让人无法忍受。空虚趁机而入，还是加速吧。

所以，让我从事文化专业吧。让所有人都播种小麦，这是不对的。我不是游手好闲的人。

对艺术的保护是不当的。我们与腰缠万贯的阿伯拉姆·埃弗罗斯[2]不是一路人。

差不多就此结束。

1　什氏只是部分地实现了这个计划。亚历山大·菲利波维奇·斯米尔金（1795—1857），俄罗斯著名的图书出版商，首次固定地实行了作者劳动按页计酬的政策。什氏本人没专门讨论此话题，但后来年轻一代形式主义者 T. 格里茨，B. 特列宁，M. 尼基金的研究《语言与注释》（1929）却专门研究了斯米尔金的稿费政策。

2　此处讽刺性暗指阿伯拉姆·马尔科维奇·埃弗罗斯（1888—1954）是一位多产的艺术学家和艺术批评家。

一个人的童年　以后写得很少

像往常一样，我在房间里寻找对手，哭泣。

一整夜的梦魇过去了，早晨开始了。

我有一件底边带松紧带的女式短上衣（我不喜欢这个词）。帽子在夏天可系上松紧。松紧带已被我咬掉。长袜是弹性的，红色的。

我家没有自行车和狗。一次，在炉旁养了几只超月出生的小鸡雏。可它们患上了佝偻病，于是我剪块纸为它们做矫正。

过了很长一段时间，我家还用木制笼子养过松雀。[1] 松雀早晨六点钟歌唱，而我八点钟才醒来。后来它被老鼠吃掉了。

现在我已成熟。当我还是一个孩子的时候，我曾摔倒在有轨马车之下，那是一架用单马和双马拉的马车。

我赶上了安电灯时代，电就像刚学会爬行的婴孩，闪着黄色的光亮。[2] 再后来，出现了电话。

我曾经历过殴打大学生的场面。那时工人们住得离我们太远，

1　松雀是对某些用于观赏的鸟类的民间称谓。

2　为了说明发电是不久前的事，作者使用了拟人手法。

以至于我们这儿，纳杰日金斯克街上[1]，几乎听不到他们的事情，但有轨马车通向那儿[2]。

我记得英国—布尔人战争和胶片制的画作；布尔人枪击英国人：法国人到了彼得堡[3]。20 世纪开始了。涅瓦河上出现了破冰船。

我的爷爷是斯莫尔尼[4]的园丁，一个头发灰白的高大的德国人。他的房间里放着一个蓝色的玻璃糖罐和一些用深色印花布蒙着的物品，房后就是蜿蜒的涅瓦河，河上零星地漂浮着一些色彩斑斓的小物件。

我想不起那是什么了。

我不喜欢被系上和解开扣子的情形。

家人用拼图方块教我识字，没有画片。拼图木块洒向各个角落。记得拼图上有字母 A。即便现在，恐怕我还会认得它。我还记得绿色的铁桶在唇齿间的味道，总之就是玩具的味道，有些扫兴。

我们在库兹明和捷米扬教堂[5]旁的街心公园漫步。被叫作“库兹明和猴子”[6]。操场后面是粮仓。那里住着，用我们的话说，猴子们[7]。粮仓里还有烟囱。大人们很生气。

我们是没受过什么教育的野孩子。大人们不理解我们。记得有

---

1 苏维埃时期，马雅可夫斯基街，位于彼得堡市中心，利杰伊内大街附近；什氏一家居住的地址是：纳杰日金斯克街 33 号。

2 是指有轨电车出现前用马来牵引的城市铁路。

3 指法国总统 Ф. 福尔于 1897 年的访问。

4 1917 年之前女子学院的称谓。

5 指基罗奇内街角落和科斯马捷米扬（梅里托波尔斯克）街巷的撒比厄尔营御前近卫军教堂。1940 年被取缔。

6 猴子的俄文 Обезьян，与捷米扬的俄文 Демьян 发音近似。

7 猴子们，指爱做鬼脸的人。

首诗：

有位维克杜尔大夫，
他看病不行，
把松节油，
涂在鼻子上。

还盛行过麻疹病。有人分得了牛奶果汁羹，有人得到了欧洲越橘。四个孩子同时生了病。游泳馆那条街是木头铺的。当城里砍伐花园时，人们竟然兴高采烈。我们算是真正的城市居民吧。

还有一本叫《尼瓦》的书，镀着金色的装帧线。[1] 书上画的是一张轨道车比赛的图画。自行车已被发明出来，于是人们以此为骄傲。就像现在的我们以相对论为自豪一样。

在城边，在被风吹过的涅瓦河身后是瓦西里岛。岛上一座棕色房子里，有一个半钟头的距离，住着安纳托里叔叔[2]。他那儿有一部电话。到了复活节时，还会有不是用来吃的金蛋和蓝色葡萄干。

他的妻子个头不高，桌子上放着一面两倍大的镜子和一个粉红色的小猪存钱罐。这个存钱罐，对我来说简直是遥不可及。

1　俄国当时最大众的、最流行的“精致的”杂志之一，发行于彼得堡的 1870 年—1918 年。

2　什克洛夫斯基·安纳托里·弗拉基米罗维奇在革命前曾是“房东”，一度管理过 П. 米留科娃领地；什氏从苏维埃俄国逃跑后在叔叔的领地住过一段时间。

别 墅

我们慢慢地给自己的房间配置了家具，父母有了些钱，买了沉甸甸的银勺，一堆玻璃器皿，青铜制的枝形烛台，家具用红色长毛绒布包上。在这段时间里，大家都买了别墅。

爸爸在海边也买了别墅，是借债买的。土地是沙土的，带有沼泽地，沙子地上长了苔草和刺柏。我们自己用钝斧砍着刺柏。爸爸把刺柏栽种到地里。还栽种埋下云杉。

刺柏的干树皮是蓝色的，它的树干像骨骼一样结实。用它可以制作工具的把柄。

刺柏和松树沿海呈带状生长。这些带状又被横着隔开。安装了大门，钉上了铁皮。上面写有蓝色和金色的字迹："疗养所"。

要过紧日子了。

房间里的灯减少了数量。

不再缝制衣服。妈妈的头发变成了银白色。现在她也是这个样子。

我们为别墅折腾了一阵子。爸爸抵押了大衣，出苦力。我们顺着栅栏在沙土上种植松树，它们现在已有我两倍高。光阴荏苒。

妈妈[1]四处求情延缓还债，家具被拍卖，流了很多眼泪呢。

家里最后一个孩子也在成长，就像不是按时播种的粮食那样成熟了起来。我们住在城郊，自己的别墅里。大大的窗户，窗外下着雪，冰上的雪一直通往科隆什塔特。冰海高低不平，就像要装修的被毁坏的柏油马路。

1　什克洛夫斯卡娅·瓦尔瓦拉·卡尔洛芙娜（1864—1948）。

种类各异的中学

寒冷的彼得堡，灰蒙蒙的早晨。中学。

我学习不好，所到之处都不是名校。起初父母想把我送入一个好学校，第三实科中学，我在那儿应了试。

那里，从玻璃门外可以看得到寂静无声的班级，学生们坐在座位上就像大衣挂在衣架上。空旷的走廊，空无人影的楼梯，接待处的地面上铺着大方格瓷砖。

一个穿着制服的小老头——实科中学的校长利赫杰尔[1]沿着石板走了进来。

这个学校的学期是七年制的。

我没能沿着瓷砖地面走得更远，因为我书写有错误。

我考入一个私立的实科学校——包尔津斯基学校[2]。这里，从上面可看到红旗广场上杂草丛生的空地和镀金的更衣室。

1　是指第三实科技校的校长（希腊大街 21 号）

2　是指包尔津斯基私立实科技校（涅瓦大街 83 号）。

现在那里是亚历山大纪念碑。[1]

因此，从那里买东西非常昂贵。

我从一所学校被赶到另一所学校。结果是，灰色大衣不得不染成黑色并缝上猫皮领子。

外套[2]就是这样做成的。

我开始准备走读生入学考试。读了很多书，不吸烟。鬓发已显稀少。

我父母为别墅所付出的焦躁不安的努力没能成功。他们是没有本事的人。典当的期限到了——别墅被卖了。

我们的情况又有所好转。我们再次买了枝形烛台和银器，日子过得比过去容易了一些。

我没有通过士官武备学校的走读生考试。

家里决定把我送到旧俄中学。为了获得进旧俄中学的权利，需要在那里待上至少三年[3]。

我进入的那所学校，制度宽松但却是一所最差的学校，它是由被其他学校撵出来的学生组成的。它的负责人是一个从阿尔汉戈尔斯克来的博士——舍[4]，他的头发是淡黄色的，不太好看，几乎看不到眼睛和脸部，他穿着一身褶皱而肥大的黑色礼服。

1　亚历山大三世纪念碑，在莫斯科火车站红旗广场，建立于1909年（1937年取缔，在俄国博物馆内保留过，20世纪90年代中期在大理石宫入口处恢复）。

2　讽刺性地引用了艾亨鲍姆的纲领性文章《“外套”是如何创作的》（1919）的名称。

3　指进入大学的权利（实科技校毕业生没有这个权利）。

4　在手稿中和下面的《春天和一段夏天》一章中给出的全名是：舍波瓦里尼科夫。是指舍波瓦里尼科夫·尼古拉·彼得罗维奇（1872—?），军医。

……

红色的小象说话十分有气无力。他想说关于爱情的部分。

但是关于爱情，就像拉丽萨·赖伊斯涅尔[1]对我说的那样，——这就像是一个有着短暂表演和长长中场休息的剧本，而中场时需要让自己学会休息。

……

至于我刚提到的博士，且让我慢慢地品味他，就像品麦秸那样[2]。

他是巴甫洛夫[3]的学生，才华横溢。

我继续遨游，用爪子击打水面[4]，或许，从中出落成为浓稠的乳脂[5]。

博士和天才生活在一起。他开始接管学校赚钱，他的学生都非常不好。他自己也是以科学和敷衍搪塞的混合物出现在我们中间。他看管我们并不认真，就像一个贩卖残品的小商贩，又像一个生理学家那样机敏。

这是一个典型的俄罗斯人。

尼古拉·彼得洛维奇有着自己的一套教学理论。

---

1 拉丽萨·米哈依洛芙娜·赖伊斯涅尔（1895—1926），苏联女作家，革命活动家，新闻记者，B. 维什涅夫斯基《乐观的悲剧》中政委的原型。爱情是剧目、生活是戏剧等母题构成了《第三工厂》中“生活是一场游戏”这一主导性主题旋律。

2 麦秸，在此指糊涂人。理论家什克洛夫斯基提出人是用于构建文本之材料的思想。

3 伊万·巴甫洛夫（1849—1946），俄国著名的物理学家。

4 借用古印度关于青蛙的寓言：一只青蛙掉到牛奶桶里，它试图跳出来，就用手掌拍打，于是把牛奶打成了奶油。

5 此处指“优秀的人”。

——孩子在5岁之前，——他说道，什么都不用学，但其所了解的要比以后一生的都多。

总体看，不好的学校就是好学校。如果学生们在破坏着锡制的墨水瓶，那就应该给他们玻璃制的，因为他们是不愿破坏后者的。

对于尼古拉·彼得洛维奇来说，一切都是平等的——不太好，也不太坏。他步行去学校。他生气时会把手伸向小便池，从里面掏出烟头。

他有时也会像戏剧开演时的引座员和中场休息时的观众一样觉得无聊。

有一个人，我想说——他就像引座员一样有爱心。

国家教育部的区监察员们来过这里。

班级因意识到自己的无知而被吓呆了。我们确实什么都不知道，连十进位小数都不会。

一位区监察员起初看看课桌下面：看看我们穿没穿高筒靴，然后看看课桌上面，然后坐在一个学生旁边，拿起他的练习本，翻了翻。

抖落下来一个贺拉斯[1]的逐字逐句译本。

然后在更衣室找到了公共厕所里的烟头。

我们经常换不同的老师，15年前的苏联职员就是如此。

1　贺拉斯（公元前65—公元前8）古罗马诗人、批评家。写有著名诗体长信《诗艺》。

毕业考试

科学，无论是苍白还是贫瘠的内容，一旦被写到书里，就再也无法从中走出来。[1]

我们喝了少许酒，坐在灰蒙蒙的班级里（喝着花楸露酒[2]，再把玻璃酒瓶抛到炉后），在课桌下玩一种叫“二十一”的游戏。我们几乎什么都没读，我则写了散文和散文理论。那个所谓的社会团体的东西，并不适合我们。如果我们想要变好的话，那么很可能会在忏悔之际开始读读拉丁语法。

我们拥有德高望重的拉丁语文学家——来自阿尔汉戈尔斯克、库尔斯克、阿斯特拉罕和库塔依斯的老校长。他从一个学校被调到另一个学校，但是他在调动时却随身带走那些最悲观绝望的学生，他知道哪里是他们应有的终点。

在他出生的沃洛格达，人们非常喜爱他。轮船和舟艇都能到达

1　什克洛夫斯基以古希腊诗人为精神塑造“科学”这一拟人化形象（科学——苍白而贫瘠的姑娘）。

2　指一种酒精饮料，用花楸果酿的苦味露酒。

那个他可以捕鱼的岸边。

从他那里我懂得了因此。[1]

如同三角钢琴沿着人的胸部，汽车沿着路面穿过中学驰骋；如同琴弦一样，有轨电车的运载发出低沉响声。通过涅瓦河就看得到，“夏园”的栅栏如何在绿色暮霭下变黑。

“夏园”。

这个花园在开始变绿。春色攀缘到了大衣上，春风掠进怀里。

我们被安排在大厅里，一个一个单独地考查，进行着考试。

我们打了小抄，急匆匆地说了几句话，几乎互相碰到头。

老师在课桌间来回走动，漫不经心地巡视着。我在考试中写完十六篇作文。

一个同学在等候中睡着了，有同学从后面叫醒了他。

——瓦夏，别睡，快点写。

——会写完的，——他回答得铿锵有力，再次睡去。

这个蓝眼睛的漂亮小个子男孩，在区监察员眼下读完了拉丁语诗歌。

艺术似乎可以逆生长。

你们在哪里啊，我的朋友们？

你在哪里？科利莫维茨基？叶尼谢夫斯基在哪儿？

据说：“在保卫察里津战役中遇难了。”[2] 纳塔拉索夫在哪里？关

1　ut consecutivum——拉丁语，俄语为 следовательно（因此，从而）。

2　手稿接着写道：“并不是同桌向你进攻。”指的是 1918 年 6 月—1919 年 2 月同顿河哥萨克白军军官 П. 克拉斯诺夫进行的察里津保卫战。

于布鲁克的事我知道一些。

苏罗弗采夫是一个飞行员。如果我们重逢，一定会感到很伤心，因为我们都老了。没有什么理由可相聚的。

而这一切却在石岛路皇村对面发生了。[1]

1 从 1844 年开始，亚历山大（过去是皇村），坐落在彼得堡，石岛大街 21 号。在 20 世纪初，是城市中最有上流社会风味的街道之一。

给我的老师还债

我交的一份最好的答卷就是神学。我在大学课堂上很偶然地认知了宗教史，即便现在我的写作还是有错误。因此，俄语考试之后，我就去了老师家里。这是一个上了年纪的教师，属编外副教授，他听过波捷布尼亚[1]的课，后来不再搞学术而做了公务，但在公务上并不得意。

他整个身体都显得倾斜。

我是夜里到他这里的。打了电话，他亲自给我开了门，他穿着文官制服，好像脖子上还带着勋章。

——来啦，你的作业就在我桌子上。墨水带了吗?

——没带。

——好吧。那我用自己的写吧。

于是，深夜里，我在古梁尔大街上一个地下室里修改自己犯的

1　波捷布尼亚・亚历山大・阿法纳西耶维奇（1835—1891），语文学者，彼得堡科学院通讯院士；他的著作对于形式学派有明显的影响。

书写错误。[1]

——什克洛夫斯基，——老师对我说，——把你的硕士论文[2]给我看看。

我现在没有硕士论文，还没写完呢。

老师，此时此刻，我就把这个完全算不上硕士论文的东西献给您吧。

您同情了我的雅季[3]。

---

1 暗指自己未来的革命活动。

2 申请硕士学位的成果，处于副博士和博士学位之间的过渡程度。

3 旧字母 Ѣ 读作“雅季”（“Ять”），这里指自尊、人格。

我在写关于接吻的事

她喜欢我，并且不想折磨我。我们互相接吻，忘乎所以。

有一次，我们一直吻到早上，忽然有个红色的东西敲打了窗户，女人哭了。那天是沙皇日[1]，是风把一面旗吹到我们的窗户上，扯掉了底带。

太阳升起来了。

早上，街道空空，路桥已打通，太阳在涅瓦河右岸十字架后冉冉升起。

因为睡眠不足，我有时出现了晕厥。我喜欢女人和女人的帽子，12年了，我一直记得她，或者15年了——这很好。

1　即"Казённый праздник"（Даль）国家节日，楼里都挂出国家旗帜（下端是红色的）。

继续谈第一工厂

我依然记忆犹新的就是大学的走廊，尽管里面的人从这边到那边看起来很小。走廊里显得温暖而明亮，遗憾的是，它的尽头不通往涅瓦河畔。副校长的办公室被拦截出一块。

走廊里挂着胶合板制的记事板。旁边是一些阴凉的套间，它们后面就是教室。

学校的办公室和博物馆——我说的是语文系的——是非常小的。在大学里很难找到学术迹象。学问在哪儿呢？难以理解。是在墙上挂满了水平一般的学者肖像的教室里，还是在温暖的走廊里抑或是在教授的办公室呢？

我们在大学里学会了社会活动：这里有世界上组织得最好的带有签名的排序。由此我相信，也会有俄罗斯的排序。

我穿的是特制礼服：斜纹布的宽大的绿色裤子、带金扣子的绿色常礼服，——我走进了大学。

这件礼服我一直穿到大学结束，[1] 我哥哥也多次穿着它跳过舞。他跳了这么多年的舞蹈，连口袋里的手表都生了锈而这件礼服却没有改变。

1919 年，我在马里采夫市场，福音医院的红色建筑楼[2]对面把这件礼服卖掉了。

希望他快点毕业于劳作系[3]。

我边走，边听。

但是，学校与我的专业不对口。这里没有散文理论，可我已在研究它。

如果我能暂时地挣脱死亡，去做事情，如果我能写出俄国记事史作为文学形式，能够弄清《一千零一夜》是怎样写成的，并能重新回到老本行的话，那么或许会出现有关我在大学楼里的肖像的谈话呢！

朋友们，把我的肖像也挂在学校走廊里吧，把副校长办公室捣毁吧，把通往涅瓦河的窗户修好吧，骑着自行车驶过我的身旁吧。

---

1 什克洛夫斯基的哥哥弗拉基米尔·鲍里索维奇（1889—1937），语文学家，但丁翻译家，彼得堡神学院教师，1910 年毕业于彼得堡大学语文历史系。

2 福音医院的整套楼舍位于利果夫斯基大街最开端（4 号楼）。

3 十月革命后俄国大学里出现的劳作系。

第二工厂

女人都会爱，她会为爱而寻找爱人。别再说漂亮话，
坚守好的事物吧，直到我送上新的话语。

中学毕业后的夏天

夏天我是在涅伊什洛特度过的，此地位于奥拉夫城堡[1]旁。那里的水从北方的塞马湖[2]流向南方。水流从不上冻，也不结冰。冬天，水流冒着烟，就像一匹气喘吁吁的马。在山上能看见群山。

有这样一座山峰，它就像一块块被掷于茶碟里的方糖。山与山之间，就像在车辙之间，溪水蜿蜒。整个山区如雨后被轧坏的土路。

夜间的航道上的灯火，在发出咝咝的响声，经常是熠熠闪烁。

闪烁的灯火看上去比平常要深远。支流环绕城堡而流淌，簇拥着小船，并掀翻着它。我和弟弟一起玩耍着——绕城堡跑着。由于水流在石桥下翻滚，所以波浪在此碰撞而拥堵。

桥上站着警察，在抓鱼。旁边有一个售货亭，里面有碳酐矿泉水和桦树皮小筐装着的野生草莓。

后来，过了多年，我去了芬兰。

1　现在的芬兰境内萨沃林城市，环绕奥拉甫斯波格（1475）岛屿城堡而兴建，是塞马水路中主要港口之一。

2　芬兰境内。

就像商店里被抢光的箱子一样，别墅也横七竖八地坐落着。

那里变得比较开阔，因为森林被砍光。

正是在此，国内战争期间，人们互相杀戮，大家都在打仗。在战争期间，男人杀死了女人，情妇杀死了男人。杀人前，把人放到院子里，挨着排发射，子弹横飞。

白军杀戮红军，通过喉咙割掉他们的舌头。不过，红军杀戮要简单一些。

而现在，这里树木被砍光，林中万籁寂静。芬兰，被看不到的漫长的俄国边境所遮蔽，就像一位不专业的演员想要割断自己与观众的联系一样。双腿被迫弯曲，但不见落幕，而观众大厅就像一个陷坑。在涅伊什洛特的一个桥上，警察在用钓竿钓鱼。

在那个夏天，我看见了涅伊什洛特闪烁迷离的灯塔。

她的鞋和帽子，都是用木头屑做成的，黝黑的脸蛋和身上穿着的连衣裙，我在十五年后还记得——那时她还没给我写信。

她去喀尔巴阡山了，有四百俄里的山路。

那里有粗矿石、松树和云杉。路，是我们这些被俘的人修建的。

半成品之声

我们是亚麻摊晾场上的亚麻。晾晒亚麻的场地，可以这样称呼。

我们呈扁平行列被晾晒。太阳和细菌加工着我们，它们叫什么来着?

我的右手边是书架，上面放着托尔斯泰的书。

在摊晾场，我这里，差不多十余年只有托尔斯泰的语录。我用下面的片段来验证这点。

“记得，有一次我走在莫斯科的街头上，看见前面走出一个人，他非常专注地看着人行道上的石头，然后挑出一块，蹲下来，然后开始用力打磨它(凭我所感觉)。‘他对人行道做了什么?’——我琢磨着。直到走到跟前，我才看清这个人在做什么：这是个肉铺的伙计，他在用人行道上的石头磨刀。在观看石头之际，他想到的完全不是石头，而在做自己的事情，甚至很少去思考这些石头——他需要做的就是磨快自己的刀，以便切肉；而我却感觉到，他是在人行道上的石头上面做着什么事。正像只能感觉的那样，人类在忙于贸易、合同、战争、科学和艺术；对人类来说，只有一件事是重要的，并且只做着一件事——弄清自己所赖以生存的那些道德法律。”[1]

我不想与去世的托尔斯泰争辩，顺便就以他为艺术范例吧。

举个例子。事情不在于我们是否被晒在摊晾场，而在于我们是痛苦还是快乐。关键在于磨刀上，在于艺术。

而那些使我们变锋利的石头，它们是为着另一种事情，取决于另外的方式。为我们所需，但却以另外的方式存在。

如果说我爱上了石头，爱上了风，如果我现在不需要刀呢？

亚麻不会在揉麻机[2]里喊叫。现在我不需要书和进步，我需要的是命运、痛苦和沉重，就像红色的珊瑚一样。

牡蛎紧张地使自己的两扇介壳互相靠近。按紧它们，它就无法生存。它的肌肉不能释放热量，却支撑着介壳。

诗歌和散文就是这样死气沉沉地被打压着，它们不会受到温暖的肌肉的支撑。

今天，33 岁的我，生病了，像一个贝壳一样。我深知介壳上用力的沉重。这是不应该的。

如今，书不为我所需。岁月从我身旁匆匆流逝，并作为伴侣引导我度过每一天。

打开介壳后，我想同你一起发声。

生活啊，你看着我的脸。

晒在摊晾场，就像在别墅里。

1　出自于列夫·托尔斯泰《那我们应该做什么？》(1886)

2　“揉麻机……用来打碎和搓揉亚麻的器具……支脚上侧放两个薄板，中间是第三块板。”(达里词典)

我用手心拍打水面

博杜安·德·库尔德内[1]在闷热的教室里读书，他是一个知识渊博的语文学家，但却不会写书。书是后来由梅耶[2]写成的。

作为语文学者，在语文系第一年里就要通过希腊语考试，以能胜任翻译色诺芬[3]作品。

但我没有通过。

就在这时出现了未来主义者。

但是，在讲述这个，讲述为什么我如此情愿地把黄色假花插在自己常礼服袖口上的事情之前，我要讲讲我是雕塑家的事。

毋庸讳言，在我家墙上挂着一些非常难看的画作，这些都源自我父亲的怪诞且无可救药的品位。父亲在建设这栋别墅时并没什么计划，直到资金足够时，我们才拯救一下家居，使它摆脱不好的

1 伊万·亚历山大洛维奇·博杜恩·库尔德内（1845—1929），语言学家，彼得堡科学院通讯院士。

2 指法国语言学家梅耶（1866—1936）的著作《历史语言学中的比较方法》（1925，俄译著 1954）或者《共同斯拉夫语》（1924，俄译著 1951）。

3 古希腊作家，雅典出身的历史学家，政治活动家。

局面。

我读了很多书，但还不知道象征主义者。

我很偶然地看到了《天秤》这本杂志，而在《阿波罗》的封面上，“我们像太阳”几个字母遮蔽着一个赤身裸体的人，这使我很难为情。[1]

那几个字母闪闪发光。

---

1 《天秤》（1904—1909）和《阿波罗》（1909—1917），俄国象征主义的主要印刷机构。“裸体人”显然是对于现代人的讽刺：代替《阿波罗》严肃的封面，什氏描写的是K.巴里蒙特的《我们将像太阳一样》（1900）。

舍尔伍德[1]

当我开始学习雕塑的时候，我来到了伊利亚·金兹堡那里。

这样一来，我对学院走廊的熟悉比大学走廊要早。

我在一个通道的门后找到了伊利亚·金兹堡[2]，这是用空隙[3]间隔成的四个通道之一。

小猴子在他办公室的铁丝网里叫喊，他带着浓重的犹太口音。

伊利亚·金兹堡身材非常瘦小，他的手瘦小而纤弱。

他赞许了我的雕塑品，而我很快就来到了舍尔伍德位于喀山路的工作室。

在自己干燥、温暖并带有潮湿黏土气息的工作室里，秃顶的舍尔伍德看上去很严厉。

那时的我，除了天赋就是无处释放的暗藏的狂妄。

---

1 列昂尼德·弗拉基米罗维奇·舍尔伍德（1871—1954），雕塑家，关于舍尔伍德在工作室与年轻的什氏见面的事宜，后来画家 B. 米拉舍夫斯基回忆道："这是一位年轻的雕塑家，他在舍尔伍德那里工作过，但为了能到科学院，需要再交一幅画作。"

2 即伊利亚·雅科夫列维奇·金兹堡（1859—1939），雕塑家。

3 指不安门槛或拿掉活门槛时，门扇与地面之间的空隙。

我开始狂躁并一下子满足了起来。

舍尔伍德对我解释什么叫“形式”，以及雕塑并不是为了表达。他教我如何雕塑后脑部和寻找全部形式。

在饥饿的年代，舍尔伍德靠以山羊交配的收入为生。

虽然我没成为一个雕塑家，但是我知道了很多东西。

和我一起学雕塑的还有一个人，非常瘦弱，心脏很不好。这个人雕塑得非常好，他后来成了建筑师。他需要建筑大楼房，但他不会用绞肉机，结果还是成为一个显耀的，瘦弱躯体所不及的天才。他叫拉库金。[1]

他勇敢地承受着生活。

舍尔伍德和潮湿的黏上教会了我正确地理解艺术。

---

1 伊萨克·莫伊谢耶维奇·拉库金（1894—1976）工程师，建筑师。

科学与民主

时下，出现了未来主义者。

达维特·布尔柳克，眉毛高耸，克鲁乔内赫、尼古拉·布尔柳克穿着常礼服，弗拉基米尔·马雅可夫斯基还穿了件黑色天鹅绒短外套，不是黄色的。楚科夫斯基读过他们的作品[1]，他们也加入时尚。

文学流派的天梯通向被描绘的大门。在你走上之前，这个天梯是存在的。

如今克鲁乔内赫已经出版了很多作品。[2] 达维特·布尔柳克在美国生活。

当时，马雅可夫斯基的嗓音不错——男低音，这是从胡子拉碴的嘴巴、黑色丝绸大礼帽下发出来的。

未来派遭到了迫害，多次约定不写他们的任何事情。

---

1 公开课《未来日子的艺术》（类似还有《当今的可恶又可怕的文学》《未来的民主诗歌》），楚科夫斯基于1913年开始发表。

2 20世纪30年代中期以前，A. 克鲁乔内赫出版了超过两百本发行量较小的石印的、珂罗版印刷的出版物。

但我们却显示出比亚速—顿河银行[1]还要坚强。

我们不单要进入已绘制好的大门。我们还要开始创作新的形象，晦涩难懂的语言。就像河岸被冲垮，岩层显露，一头活生生的猛犸象从黏土里钻出来，驱赶着狗群。

马雅可夫斯基、克鲁乔内赫及楚科夫斯基，他们在医学院女学生面前进行了演说。[2] 楚科夫斯基把科学与民主同未来主义者们的理论对立了起来。

未来派中有人很不礼貌地讲着柯罗连科的故事。[3]

有尖叫声。马雅可夫斯基穿过人群，如同蒸汽熨斗穿过雪花。克鲁乔内赫被人用鞋子挡了回去。科学与民主使他受了刺激，——他们喜爱柯罗连科。

1　1871—1917 期间俄罗斯帝国最大的股份商业银行之一（1917 年被国有化）。

2　根据 A. 克鲁乔内赫回忆，这事发生在 1913 年 10 月 13 日，在莫斯科“作家和艺术家团社”（“俄国首次语言创作家晚会”）；但也不排除的是，这次晚会是于当年 10 月 5 日在彼得堡举行的。

3　弗拉基米尔·柯罗连科（1853—1921），20 世纪初俄罗斯著名的现实主义作家。

尼古拉·伊万诺维奇·库里宾博士[1]

他高个子，秃头顶，脑袋不大却圆圆的，穿着卡其布上衣，铝制品上的写实画家，一个偶然接触到艺术的人。作为一知半解的爱好者，他相信太阳黑子对革命的影响，相信耶夫列伊诺夫[2]的天赋，相信之所以应该向人们说“你——天才”，是因为如果一个人相信于此，他就可以沿着缆绳穿过。

他喜欢亲吻女士的手臂。他没能写完论文，只是用彩色铅笔画着角落里的海报，讲述石头掉到地上是因为人们喜爱它们的故事。

离世前，他完成了另一个海报：

“渴望一个人……一个人……孤独……”

之前，他在房间墙上挂上这些铝制海报，手工制作的盘子，并把餐柜刷成了蓝色。

刷过颜色的餐柜其实并没有改变什么。

1　尼古拉·伊万诺维奇·库里宾（1868—1917），军事医学科学院的编外副教授，总司令部的医生，艺术家爱好者。在俄国先锋派艺术的组织中起了显著的作用。

2　尼古拉·耶夫列伊诺夫（1879—1953），俄国和法国导演；20 世纪理论家、历史学家和戏剧改革家。

博士的生活没有因为太阳黑子而绝望，女士的手臂也像琴键一样一闪而过。

刷上颜色的餐柜旁的孤独被革命取代了。他一边看太阳一边等她。

第三天，库里宾实现了愿望，幸福地死去了。[1] 他很为我得意，并视我为接班人，每天给我三卢布[2]，让我教他的儿子万尼亚活出个人样，教他学会谋生。

后来，库里宾的儿子去了警察局服役，和匪徒打斗，煮马油肥皂，并且成了一名共青团员。

家里的那架钢琴卖了很久，怎么生活的——我不知道。

关于阿克梅主义者，库里宾说，他们的血管壁很薄。他告诉我，我不会贫血但会动脉硬化。

他建议我必须有十个小时的睡眠。

尼古拉·伊万诺维奇，您死得很安详。我不知道，您还有什么路可走。

楼梯通向被描绘的大门。而现在，火山喷发后，汤已煮开，并给每个盘子都盛了些。

您答应过赋予我天分。

我还没还您礼物呢。

---

1 H. 库里宾，就像后来什氏所回忆的那样，幸福地去世了，二月革命第三天，在成立警察局时已经忘了他的孤独。依据报纸上的悼念文章看，库里宾不晚于 1917 年 3 月 8 日去世。

2 什氏曾经是库里宾·伊万·尼古拉耶维奇（1903—1968）——后来的律师的课后辅导教师。

依然尝试走钢丝。

我很能睡觉。

您喜欢的谢尔盖·戈罗杰茨基什么都不写。在他住过的楼房的一间屋里，曾闷死过克谢尼亚·戈都诺夫，后来还拘留过临刑前的普加乔夫。

房子很坚固，诺维科夫后来还在这里打印过书稿。而现在，此房只是居住而已。

瓦西里斯克·格涅多夫在尼基塔大门附近参加过战斗[1]，当时战斗席卷了那栋楼[2]。

他对诗歌已失去了感觉。

普罗宁[3]步履没有变老，只有手掌上显出皱纹。

勃洛克死了。别列松[4]还活着。

科尔涅伊·伊凡诺维奇·楚科夫斯基已当上爷爷，可他心里想的依然是那尘土飞扬的通风机。

——其实，——库里宾说，——最可怕的就是患上淋病。淋病能使人驯服。

1　自我未来主义者瓦西里·伊万诺维奇·格涅多夫（1890—1978）在莫斯科参加了二月革命和十月革命，1918年后离开了文学。

2　该楼位于K. 吉米利亚泽夫纪念碑附近特维尔街心公园一端，在K. 帕乌斯多夫斯基的中篇小说《神秘不解的世纪的开端》中的《蓝色火把》一章里对该楼的破坏有所描写（参见《生活的记事》，1945—1963）。

3　鲍里斯·康斯坦丁诺维奇·普罗宁（1875—1946），导演，传说中的艺人，卡巴莱酒吧间《流浪狗》和《演员之栖居》的创始人。

4　亚历山大·埃马努伊洛维奇·别列松（1890—1949），文学家，连接象征主义和未来主义的《蜻蜓》杂志出版者。

博杜安·德·库尔德内　勃洛克　雅库宾斯基

人们对于未来主义及其雕塑已然有很多了解。当时我也认为艺术是一个独立的体系。以此为信念，我度过了整个第二工厂时期。我拿着 32 页铅字的小册子《词语的复活》找到了博杜安·德·库尔德内。

这是一个好争吵的伟大的老头。

我来到教授摆着书架的房间。这些书架靠墙排列，并凸到房间中部。书架上放着图书，各民族的图书。

后来，这些书架在伟大的革命期间被烧毁，而教授的图书则散落各处。

现在，它们则被一些新公司重新影印。

除了图书，房间里还有退化的家具。

我侧着身子坐到放在桌旁的椅子上。

椅子这样放，是为了让学生们坐上去有所胆怯。

博杜安——耶路撒冷国王的名字[1]，跟他在喀山当编外副教授时的名片上所印制的一样。博杜安或者鲍尔杜因，他确实是耶路撒冷国王一世的后代。

他听我说完并把我介绍给列夫·雅库宾斯基[2]。

列夫·彼得洛维奇，写书是一件困难的事啊！你不知怎么办？你不知写什么？

当爱斯基摩人坐在冰地里用海豹皮制作的透气口上面时，他们用皮带捆住自己。

冷啊，难以忍受。

关于博杜安，我知道的不多。他在集会上做过主席，在最后讲了科学和民主的概念，但批评态度并不过激。[3]

我成为雅库宾斯基的朋友。他教会了我许多东西。

雅库宾斯基走路时小心翼翼的，就像一个圆规害怕弄弯已校正好自己的直尺一样。

列夫·彼得洛维奇，我犯了很多错，并且还会犯很多错误。

但要知道，关于颜色不会有真理，有的只是植物学。

我度过了第二工厂时期，或是，正如所说的，思考着被加工的对象，检验着关于自由的想法。

---

1 И. А. 博杜安·德·库尔德内来自于弗兰德林伯爵家族，第四次十字军远征的参加者，后来成为耶路撒冷国王巴尔杜因一世。

2 列夫·彼得罗维奇·雅库宾斯基（1892—1945），语言学家，博杜安·德·库尔德内的学生。根据什氏后来的回忆，他们结识于 1914 年 2 月 8 日一个“新的话语”晚会上。

3 关于杰尼舍夫中学举办的《论新的话语》晚会上的冲突事件，许多回忆录作者都有过记录，那次会上什氏做过一个题为《事物的复活》的重要报告。

现在我思考的就是自由的界限、材料的变形问题。

我要改变。

我害怕可恶的不自由。

否定他人所做的，就是在联系他人。

战争来了，我被缝上了自愿定位的肩章。在花园街和工程街的角落，战争用勃洛克式的腔调向我说：

“在战争期间谁都不要考虑自己。”

然后他对我说：“很遗憾，多数人是右翼社会革命党人。”

维斯瓦[1]河谷容不下的炮声

……墙上的通告说战争已迫近。

我哥哥被动员参了军。他躺在一个狗皮帐篷里。妈妈找到他时大声叫道：

——科利亚，科利亚。

妈妈走后，一个邻居看着我哥哥，手拄着胳膊肘站起来，说道：

——科利亚，我觉得，你好可怜啊。

1　波兰与俄罗斯交界的大河流。

战　争

战争才刚开始，人们在冲锋中交战，战士们都很年轻。交战中，他们不忍心用刺刀杀死彼此，而是用枪托击打头颅。战士们是有怜悯心的！

头被枪托打爆了。

在荷兰，我们的城管在站岗。

在畅饮中，妓女们和我们军官们辩论起奥地利是否会复兴的问题。辩论者们没有理会她们穿着的奇装异服。

莫泊桑作品里称这种人为“玩乐轻佻的女人”。而我们国家的好像更风尘一些，她们的皮肤都是灰突突的。

战争漫不经心地咀嚼着我，我就像从吃饱的马嘴里掉下的麦秸。

我回到了彼得堡，担任了装甲营的指导员。在这之前我在军工厂工作。

在车库里，我煤气中毒，吐着黄痰。我躺在光溜溜的水泥地板上，之后冲刷、整理、擦净。

战争已经是过去时了。晚报与早报没有什么不同。

茹科夫斯卡娅7号

当你抱怨走错路的时候，就会感到城里的路灯下树叶过于茂密。

而对于爱情，这种情况显然是不存在的。它不是物品，而是由若干彼此互不相干却同时可见的对象构成的风景。

然而，文学也几乎是偶然的。作家们记录着突发时刻。

我们也是如此记录着爱情。

但是，一个人的爱情是孤独的。她总是像影子般，用左手拉着我的右手。

风景，请关注我一下吧。请把你的右手伸向我的右手吧。

有一次，有人给我打电话，让我去一趟军官布里克那里。

连队里有过这样一位同志。所有人都知道他：因为在某次演习中他一次就击中了三辆汽车。

我根据地址找到他的住处：茹科夫斯基大街，中间有路灯。柏油路。七号楼。42号房间。

门开着。这不是一扇门，而是一本书的封皮。我翻开一本书，名叫《奥西普·布里克和利丽亚·布里克的生活史》。

这本书开篇的一些段落还提到了我的名字。

我漫不经心地翻阅着，像害怕看到一些信件那样。

第一页就是布里克的照片。不是我认识的布里克，是一个同姓的人。墙上挂着突厥斯坦制作的带有花纹图案的挂毯。

钢琴上放着一个纸板做的汽车，大约有一立方米大小。

当然，人们并不是为书而生活。但我是从创作角度来看人的，希望他们有所成就。

奥西普·马克西莫维奇·布里克

奥西普·布里克在做什么呢?

现在奥西普·马克西莫维奇·布里克正制订着一个庞大规划[1]，布里克是一个善于出现又善于规避的人。

在我和他刚认识的那些日子里，他逃过兵役。

这件事他做得相当巧妙。

布里克在一个队伍里任职，那里有许多犹太人，上级决定押解他们去当步兵。

即使布里克一开始拒绝前往并在领导眼前付出了很大的牺牲，他也同样会被派走。

当时送来一封信件，上面写道：

“附言：随信件前往的是某士兵。”

布里克拿着信件和其他人一起去了火车站。

在站台只有他一个人掉队了。等候着，当列车离去后，他抻了

1　什氏在《第三工厂》中较多运用“电影语言”；O. M. 布里克（1888—1945），作家、文学批评家，阿克梅代表。

抻干干净净的大衣，就孤零零地来到了警备司令部。

战争是没办法挤压那些单个人的。

警备司令就把布里克派到了城外大街和丰坦卡河[1]之间的临时营房。

布里克，就像一个普通的士兵，不被人需要。

由于他既不焦虑也不清楚自己的命运，所以他在营房待了很久。

后来允许他回家，他就去了一家小饭馆吃饭。

俄罗斯差不多有八百万到一千两百万个士兵。

这意味着多少？过去没人知道，现在也没人知道。

当维尔霍夫斯基[2]任职部长时，他给我讲了这四百万之差。

起初，布里克还去营房走走，后来就不去了。

他待在家里，待了两年。

他出版了书，很多人找过他，但是找不到他。

这种状态是非常艰难的，这里无须国家之诱惑，需要摆脱国家意志之自由。

这一切关系到不填履历表[3]的技巧。

布里克不可能只做一件事——从一处搬到另一处。那样的话，他会成为一个小数点。

但他可以把自己现在的住房改成三层小楼且不易被发现。

而他暂时只能靠钢琴造一个大剧院和靠纸牌做汽车了。

1　彼得堡境内的一条河流。

2　亚历山大·伊万诺维奇·维尔霍夫斯基（1886—1938），苏联军事历史学家。

3　即有意回避自己的履历信息。履历表上通常要填写民族、党派、境外亲属、有无犯罪行为等。履历表在苏联时期决定过个人的命运。

莉丽亚·布里克对这些建造赞不绝口。

马雅可夫斯基也来过这里。

高等级的亚麻——马雅可夫斯基——在此首次获得了尊重。

那时人们还在报纸上打压他，用开水泼他，折磨他，在讽刺杂志上挖苦他。

如果关注马雅可夫斯基那结实的纤维，就会发现，他对待生活是名副其实的。

他善待生活，就像在街上开坏了的摩托车一样，他不会注意路人的目光。

布里克继续缺席

我们大家时刻等着他出意外。

当他加入我们的工作的时候，他已写完关于重叠的文章。

这篇文章表面上是为了证明诗完全是通过发音而形成的。

韵脚就是诗句末尾部分的重叠。

文章的内涵在于：代替作品中单个的支点，我们在新的实例中看到的则是作品的结构框架。

布里克很轻松地就掌握了语文学方面的材料。

那时他就已经开始自己的主要研究：韵律。

他在研究中赋予了新的韵律概念，减缩了韵律中那种由粗制滥造之手形成的缺乏诗意形象的、文字游戏的含义。

写了七年，工作还没有完成。

关于希腊格律学一章几乎准备就绪。研究的基础部分搜集了几千个例子——为了韵律一句法辞格的研究。

关于停顿的章节已写完。

做了两次报告。

布里克证明，诗歌不是由音节组成的，而是由词语和句子组成的。

最终成果还是没有完成。部分片断拿到了雅可布逊那里，也有些在迪尼亚诺夫[1]那里。

就连托马舍夫斯基[2]也不如他。

这是第二工厂极大的损失。

为什么布里克不搞创作?

因为他没有意愿去终结。他不想割舍，也不想削尖自己的笔刀。[3]

他是一个善于出现又善于规避的人。

他的爱情没有什么结果。因为彼此都不想再小心翼翼地生活。

如果要砍去布里克的双脚，那么他也会证明这样适合。

布里克，我跟你说，我一辈子都在不确信地工作，但这是工作。现在我成了有罪之人，我很少做研究。

绞肉机不能把我绞碎。

每年犹太人都有一天会站在桌旁，拿起长手杖，这是准备出门的信号。

我们都会变成犹太人。

远走高飞。

如果还有双脚的话那就最好不过了，如果出了一些差错也没什么大不了的。

你想要烧光那些不能带走的东西。

---

1 尤里·尼古拉耶维奇·迪尼亚诺夫（1894—1943），苏俄作家、文艺学家。

2 鲍里斯·维克多罗维奇·托马舍夫斯基（1890—1957），苏联文艺学家、版本学家。

3 对于布里克来说，他所思考的每一部创作的每一页都很重要，尽管需要精选材料，但他不愿意牺牲任何一个推论、一个例子。

你与艺术彻底决裂。你说：它结束了！而它也改变了！

我还在写书。现在我在国家电影工厂上班。

世事无常，转眼间就下雪了……

雪花开始不停地飘落，就像一位妇人久久地依偎在情人的怀里。冬天，随身携带着箱子降临到我们的身边。

我儿子还没到上学的年龄，现在只教他走路和跑步，还教他说："走吧。""给我。"

他四岁，还不能上学。

——"布里克，你的书在哪儿?"拉里萨·列伊斯涅尔[1]问你。

布里克是个认真对待生活的人。

茶炊，没有牵引力，就不会有沸腾。而时光，布里克，则是不能明说的。

地震[2]结束了。打开锅盖，汤已煮好，分发汤勺，喝吧！

我们有不拿勺子的权利。

要知道，我们乃意识形态的制高点。

我们做的汤[3]也是复杂的，不是功能关系。

我们需要书和你，布里克。

难道有人给你灌了茶?[4]

有人给你打了电话?

他们在一些不太大的胜利中已耗尽了力量?

---

1 拉里萨·米哈伊洛芙娜·列伊斯涅尔（1895—1926），苏俄女作家。

2 隐喻革命、战争酷似地震时的翻江倒海。

3 指作者的创作。

4 这里指：作为文学批评家的你，难道就所剩无几了吗?

在布里克家的那些夜晚

人们在发生着变化，或许就该这样。

譬如，把蔬菜煮成汤，然后却不吃。[1]

只要明白做的是什么就行。不然，就会在历史的长河中把工作和喧嚣混淆起来。

喧嚣——对于乐队并非工作，但对于普基洛夫斯克工厂则是另一回事。

显然，我们都是蔬菜而已。

但我们参照的并非自己的经纬线。

我们在布里克家里做着自己的汤[2]，坐在土耳其斯坦式的绣花沙发上，把丝绸靠垫插到沙发后面，用裤子把沙发皮面搞脏，吃掉桌上的全部食品。

尤其是，我记得桌上还有：1. 干果，2. 一大块奶酪，3. 猪肝酱。

---

1 这里指那些随机应变的人们。

2 指属于自己的圈子，处于思想和利益都相近的人们之间。

发行了一期《拿来》杂志。

发行了《诗歌语言理论文集》。什么在形式主义方法中是重要的呢?

并不是说，作品的单个部分能有不同的名称。

重要的是，我们创造性地接近了艺术，宣告了它的自主，不再把它只看作是对事物的反映。我们发现了种属的专门特征，开始确立形式的根本趋向。我们明白了，在巨大的布局中实际存在着形成作品的同类规则。

这意味着科学的可能性。

我们本应从声音开始，旨在摆脱传统材料。

在此，似乎存在虚拟的直观性。

人们谈论过“拟声”。别雷[1]论及过它，他研究得非常详细。

在第一本论集里，我们收录了格拉蒙和尼罗普的文章，证明语音和情感层面直接联系的缺失。

我们探讨语音层面，不与情感相关联，而与技术层面相联系。

用蔬菜煮的这锅汤，是多样化的。

1　别雷（1880—1934），俄国白银时代象征主义代表诗人。

致罗曼·雅可布逊——苏联驻捷克斯洛伐克全权代表处的翻译

你还记得自己在患伤寒时说过的胡话吗?

你在说梦话，说你丢了脑袋，伤寒患者总以此为是。你梦魇中说，因为你改变了科学而受到审判，我竟也宣判了你的死刑。

你继续梦语道：罗曼·雅可布逊死了，取而代之的是偏远小站的一个小男孩。小男孩不懂什么知识，可他还是罗曼。雅可布逊的手稿被烧毁，小男孩却不能去莫斯科挽救它们。

你住在布拉格，罗曼·雅可布逊。

已经两年没有收到你的来信。我也像有罪似的沉默着。

亲爱的朋友,《散文理论》一书已经出版。现在把它寄给你。

可它还没写完，就这样被出版了。

你和我，我们，像是同一个气缸里的两个活塞似的。在生活中，两个火车头也会有相遇。你像一个器皿被拧下来，置于布拉格。

亲爱的罗曼！当没人可诉说之际，为何要工作？我非常想念你。我往返于编辑部，有收入，在电影制片厂工作，并置身于新书出现的前夕。

罗姆卡，我是一个不能自由写作的作家。我适应着不自由，就像适应着体操器械一样。但这里走在街道上的是人类，让我不断地发出声音吧，就像带有窟窿的喇叭那样，而我发出声音的大地——是自己的。

罗曼，为什么你不给我写信呢？我记得布拉格。记得我们熄灭的那些灯笼。记得连过桥费我们都不曾收取的那座桥。

还有伏尔塔瓦河[1]，一条被精心拦截的河流，河中充满了游泳的捷克人。捷克啤酒是用一升的杯子装的。克涅里杰赫，索尼娅·涅伊曼、彼得·鲍加迪德廖夫。

我们所到过的啤酒馆，横贯整个城市。在其中一家，是卖啤酒和碳酐矿泉水的，而另外一家，是经营甜饮料的。我们在沙发靠背上做着梦。

问一下，我们争辩了什么来着？要知道，这可不是吵架。

鸟儿即使睡觉时也会抓住树枝，需要这样互相支撑。

回答我，我会寄给你书作为答复。你的家庭生活怎样？你知道么，罗曼，家庭就像一个好用的、依然结实的机器一样，用到不能再用的时候，丢弃它会可惜，但重新发动它也没意义。

人都是离不开家庭的。其中，无论是丈夫还是妻子，都应当每天避免赤字。

房子是由家庭成员来填充的。夫妻就生活在一些放在窗户间、

1　捷克境内的河流。

装着硫黄酸的玻璃杯旁[1]。

罗曼，你是真实的。你很懂捷克语，还熟知很多语言。你不想用科学来交易，你在保护它。

你懂得我的梦话。我不是在交易而是在舞弄科学。评判我一下吧，罗曼。当然我不会享受它，也不会把它当作领带系，我也会评价你，罗姆卡。

一次，当我们在奥西普[2]家聚会坐在沙发上的时候，看到了沙发上的库兹明的诗集。你比我小，我就劝你走进新的信仰。你以自己声望的惯性接受了它。现在你是一名院士了，而我们是少数派。我迷失了自己，就像美利奴羊在飞廉的花丝分离时[3]脱毛一样。

啊，罗姆卡，疼痛将我叫醒。我醒来了。

影子不愿伸手给我。

我是浸麻场上晾着的亚麻。仰望着天空，感受着天空和疼痛。

而你不在这里，罗姆卡。

一个两岁女孩关于所有不在场的人说道："在外散步呢。"她只有两种认知范畴："这里""在外散步"。

"爸爸在外散步，妈妈在外散步"。

到了冬天人们问她："苍蝇在哪里?"她回答道："苍蝇在外散步。"

而苍蝇爪朝上趴在玻璃扇之间。

1　指家庭生活隐藏着潜在的危险，家庭就像硫黄酸一样可以烧毁皮肤、破坏夫妻关系。
2　指雅可布逊。
3　一种植物。

我们都是不幸的人，罗曼。我们就像载重过大的接缝处那样易破损。在我的心里，当铆钉被人拽出的时候会发出吱吱的摩擦声，泛出熟铁的白光。而你，真是一位善于模仿的人。你本是褐色头发的人[1]，可请问你，为什么要做院士呢？院士们都是枯燥的，他们都能活到三百岁。[2] 他们不会被中断的，是不朽的。

在你的著作里，材料本身是自足的。它们是林中工作用的小院，而不是建筑物。

需要探寻方法，找到各种研究非自由的路径。你是那么有益，那么聪明，但却不在此——这里代替你的是三百岁的维诺库尔。[3]

第二次喊你回家。[4] 我不会跟你走的。

1　褐色头发的人一般指代小丑。

2　17 世纪使用的对法国科学院院士的讽刺性绰号。

3　维诺库尔·格里高利·奥西波维奇（1896—1947），俄国语言学家。根据他自己的说法，他在“形式主义”和“未来主义”之间经受了强烈的失望。这一切在其 20 年代中期的系列论说中有所反映。

4　指《给罗曼·雅可布逊的信》。

关于第二工厂

布里克，仿佛就像不用脚走路一样轻盈，他对艾亨鲍姆说道：

“当演员摘下面具时，面具下面会有油彩。”

《外套》就是这样写成的。[1]

甚至在革命的日子里，苹果也会由于万有引力的规律而落地。

肉切割得挺好，也就是说，我们磨对了刀。

不必跟我们解释我们是怎样的人，我们就是用来磨砺真理的石头。

生活是不会有的，如果你只想让它为自己而生。

我在电影厂工作，在中央亚麻生产合作社[2]任职。

纤维是不宜被弄破的，它在我33岁时盘成生活的线团。

我并不否定自己的时代。我只是想了解它，它需要我做什么，以及它对于我的工作来说又意味什么。

1　指艾亨鲍姆的文章。

2　此处俄文为Льноцентр，是缩写形式，是成立于1915年俄国大型合作组织之一。在什克洛夫斯基的《汉堡记事》一书中有所反映。

这就是生活。

人们有时拍摄电影画面。拍摄，耗费，但画面无法粘贴，也就不剪接。

具体的规划与大规模的规划无法吻合。如果没有行动，就只有一种通道。

如果坏学校就是好学校，那么第一工厂就是真理。

第二工厂——就是我们付出劳动和生活的地方。

我们被播下的是纤维还是种子？

第三工厂

祖　国

战争与革命，在我的其他书里已不再提及。那些书里不谈创作。

我从德国回来时带回一只向导犬。它是如此的纯种，一直在打着哆嗦。

在柏林的床上吃完早餐后，我上了路，随身携带了自己的一些箱子。小面包，黄油，劣等茶。

回国。

海关那里检查了我的简单行李后，就放了行，穿过几个小共和国。狗打着哆嗦。

那几个小共和国从周围一闪而过。从那里看得到由稻草遮盖的房屋，它们好像用手指勾画出的田野。

里加好比一条大盘子里的小鱼。它没有自己的港口、储藏库。

在里加送我的是拉脱维亚人。他们让我写一部关于“泰山”[1] 的续集，应该让泰山有一个拉脱维亚国籍的女儿。

1　指的是20世纪20年代流行的美国作家埃德加・赖斯・巴勒斯创作于1912年长篇小说《人猿泰山》。

赤杨林中伫立着原色木制作的大门。

门上有题词，就像《真理报》上写的那样：

“全世界无产者联合起来。”

火车鸣起笛来。

祖国！

你是无法改造的。

这是不可能的。不能说：“整个连队步调不一致，一个准尉步调一致。”

莫斯科到处是招贴，在维达夫斯基火车站旁停留着一些穿着非常破旧的人们。

西蒙风，夹杂着尘土和纸屑。如此之大的绿洲。

连阿拉伯人都说着好懂的俄语。

我和妻子在莫斯科的一个房间里住了几天，房间的主人远行去了，留下了自动钢琴和两个松鼠。

松鼠们互相嬉闹。

高等艺术教学作坊[1]的学生们在自动钢琴上欢快地弹奏着，人们把彩兔子放到墙上，希望会发生神的启示。

当然了，我应该住在彼得堡，普列奥勃拉任斯基教堂后面的一个什么地方。

那里青草将长满街道，向我扑面而来。

我应该为科学而工作，就像我所熟稔的那样，同自己的同人在一起。

1　这里指诗人 H. 阿谢耶夫的住所。他的房间坐落在高等艺术教学作坊的院子里。

我留在了莫斯科。我是在波科罗夫斯基一斯特列什涅夫大街上找到的房间。去那里有13路有轨电车。

在桥身后的铁路下面，是一面石墙。墙里面有三扇巨大的铁门。

每扇大门都要比进入俄国的边境大门还要大。

在大门后面是树林，在灯光下显得尤为密集。

在云杉后面——一座很大的建筑物，皇宫——别墅——布景。

周围有一个公园，公园里长着丁香；春天的时候，人们悄悄地折下它，带走它，从不怕安静的嘈杂声，尤其是在明亮的迷人的夜色中歌唱的夜莺。在池塘里，有水藻和浮萍。浮萍使我想起有裂纹的搪瓷，而搪瓷里清晰地看得见青蛙游动的痕迹。

所有这一切，我都是在春天看到的，我是在秋天来的。

房间里到处都是槭树叶子，窗户朝向公园开着。在布满线状丝绸的旧家具中间，树叶在地面上像写手稿一样沙沙地响着。

太美了。窗户朝向阳光。树林。

而在我们房间的周遭，则是冰冷的空间。博物馆，黑色的人行横道，这些地方曾有过暖意，还住过切尔克斯人呢。

切尔克斯人，无论是红色的石墙，还是大门，应该都保护过业主在战争中不受侵害。

我四肢着地，用抹布和一堆书，堵紧地板缝隙。

窗户结了一层冰，没有通风小窗，房间随即变得有些不美观，墙角有一个带烤箱的炉子。

修炉匠骗了人。起烟了。

岁月按照自己的路线流逝

我努力地挽留秋天。

可它还是走了。从树上带走了树叶，把一切都扔到地上，覆盖上它。

但桦树依然屹立着，泛着绿色，还有柳树。而椴树，我是看不到了。还剩下一些落叶松。

两脚踩在干燥的、轻柔的落叶上，发出沙沙的声音。

开始变得轻柔而悄然。落叶松的针叶飘落到地上，冬天紧随而至。

炉子里烘着木柴。早上生的炉子，一整天都在烧着。

小狗阿里玛拴在我们这里，它一整天都躺在门后的黑黑的过道里。

每当把它放进屋里时，它就会在炉旁暖和一下，吃点东西，然后便开始拍打起它那硬硬的尾巴。炉子里有什么东西在沸腾着。

给了我一个大桌子。灯具是用散件拼起来的。

一切都还舒适。如果来到大街上，也是静静的。

房里的窗户不多。石墙。棚子里还有雕塑，雪花落在灌木丛上。

至于说到电灯、电话和洗浴，可以说，厕所离房屋有 100 俄丈呢。

万籁俱寂。

种上各种树木。

在宅邸下面，房子被最后一任女业主用木板接高。当月亮背对着它的时候，它就像一座城堡。

有一口井。

在这里，堂吉诃德可以做守卫。此时的生活，是多么奇怪的，从未有过的啊！

炊烟为我所熟悉。

我穿着漂亮的黑色短外套在街上静静地、笨重地走着。城市渐远。

整个无轨电车里，贴墙结着一层未融化的绒霜。

玻璃上划着深深的刻痕。

无轨电车空车驶出了城市，穿过了桥梁，驶进了小树林。

之后是一个偏僻的地方，最后一站出现了一个黄灯笼。

电灯，还是童年四肢着地时候的样子。

走近红墙，星星闪烁，用厚铁做的大门，云杉上披着一层雪。我在黑暗的过道里，轻轻地、温柔地摸了摸小狗。

妻子怀孕了。

这个冬天充满着烟雾和橙子的味道。

人需要的并不多。房间里，有干燥的墙壁，不冒烟的炉子，有通气窗的窗户，一盏灯。

我自己一生中都学不会买那种干燥的木柴。

炉子起烟了。

如果去莫斯科待上一周，屋子就空闲下来。烟雾散尽，房间就变得貌似一个博物馆。

炉灶上，罐子里的牛奶凝固了。在屋子中间，一个冻结了的大气球，在浓浓的香甜的凝乳中飘来飘去。

我当时在写一本关于现代俄国散文的书。

关于艺术的自由

就像人在澡堂里那样胡说八道。

有这样的回声。

回音壁恢复着我一分钟前说过的话。

现在我们谈的是艺术的自由。

现在艺术需要材料。

当下的艺术害怕继承者，渴望破坏。艺术的惯性是使之成为自主，而如今却不再需要它。

这是我们的文学所经历的黑色年份。黑暗的忧愁，渗透在一个没有盛水的黄色浴盆里——赫尔岑之家的餐厅里，可它却比继承之惯性有用得多。

亚麻，这不是广告。我不在亚麻中心工作，现在松脂木更使我感兴趣。伐林开垦是死路一条，这是开采松节油的方法。

从树木生长的角度来看，这是仪式性的杀害。

亚麻，也是如此。

如果亚麻会说话，那么它一定会在加工时叫喊出来。人们通常扯着它的顶部，从地里拽出，连根拔起。人们大量地播种亚麻，却为了挤压它，所以它长得萎蔫少枝。

亚麻受尽压迫，人们扯拉它，在地上铺开（在同一些地方）并在水坑和小河里沤着。

用来洗亚麻的那条小河——肮脏不堪，里面不再有鱼类。然后，亚麻被折弯，揉来揉去。

我想要自由。

然而，如果我拥有了自由，我就会去寻找来自女人和出版者的不自由。

但是，对于一个作家来说，就像一个拳击运动员有着两步之间的耻辱那样，需要有选择上的错觉。

错觉对于作家来说是极为有力的材料。

列夫·托尔斯泰在给列昂尼德·安德烈耶夫的信中这样写道："首先，只有当你所要表达的思想令你腻烦，直到你似乎会表达却无以表达并且不滞后于你的时候，我想就是该写作的时候。对于写作而言，任何其他的写作动机都是徒有虚名的，尤其是，令人生厌的、金钱上的，哪怕是附和于某个重要需求的一些表达，也只会影响到写作的真诚和尊严。这一点应该引起警觉。其次，就是我经常遇到的，并因此感觉到的，尤其是现代作家所不该有的（一切颓废情绪包含在内），——祈求成为特殊的、独一无二的人，祈求惊艳、震惊读者。这一点对于我在前面说过的那些附加意图更为有害。这里不包括朴实，朴实是美好事物的必要条件。简单而不加修饰的事物或许并非都好，但非朴实而造作的事物却不可能是精良的。第三，书写的仓促性也是有害的。此外，还有害的就是，缺乏真诚表达自己思想愿望的迹象。因为如果具备了如此真诚的愿望，书写者不会吝惜任何劳动，不会吝惜时间将自己的思想达到完全确定、清晰的程度。第四，还为了迎合大众读者时下的兴趣和需求。这尤其不利，并且会破坏写作在今后的全部意义。要知道，任何话语作品的意义不在于它具有的直观的教诲意义，如布道那样，而在于它向人们揭示某种新的、为人们所生疏的事物，并且，在很大程度上，它们是与那些对于多数公众而言毋庸置疑的事物相对立的。”

上面这段话似乎是在谈论自由。

但实际上，这里谈的不是自由，而是矛盾的规则。

颓废派曾在自己的材料上做过斗争。

托尔斯泰选择了另外的材料。

他的思想意识，托尔斯泰主义——乃是对艺术的建构，他在创造与时代相对立的事物。

现在，我们不想抱怨托尔斯泰，但对于萨尔蒂科夫—谢德林来说，《安娜·卡列尼娜》却是一部描写泌尿生殖器官的日常生活小说。

在这样的材料中，如果脱离于托尔斯泰主义，他似乎是无法写作的。

托尔斯泰的素朴，如同《哥萨克人》中所显现的那样，对于艺术来说也是消极的；对于身持匕首的切尔克斯人也是如此；对于普希金、莱蒙托夫和马尔林斯基都是消极的。

我沿着村镇走去，

在那里没找到自由。

村里这样唱着。过去这样唱过，而现在让唱的却是：一切就位，或至少有可安置一切的地方。

这一切，我们的艺术都做不到。

这又意味着，我们不需要艺术的自由。列夫·托尔斯泰如果没成为一名炮兵的话，那么他就不会写出《战争与和平》。他在自己的房子里，按照另外一些线路进行创作。如果不融进非审美事实，不在作品中纳入偶然的事物，以便产生有别于他者的事物，那他什么都创作不出来。

现在有两条路可走。离开，躲避起来，不靠文学谋生，在家为自己而写作。

还有一条路——去描写生活，并且认真地探寻新的生活方式和规范的世界观。

没有第三条路，可这却是应该走的一条路。艺术家不应沿着铺好的无轨电车线路行进。

第三条路——就是在报社工作，在杂志社工作，日复一日地，不爱惜自己，而珍惜工作，同时改变自己，与材料相融合，然后重新改变，再与材料相融合，重新加工它，文学油然而生。

在普希金的生活中只有丹特士的子弹，可它确实并非诗人所需要。

但恐吓和排挤是需要的。

从事的是奇怪的事情。可怜的亚麻。

要知道，审美的作品不是享乐的组织，而是作品的组织。以下摘自托尔斯泰作品的引文：

“审美享受是一种低级的享受秩序。因为高级的审美享受留给人以一种不悦。甚至是，越高级的审美享受，留给人的乃是越大的不悦。总是奢求、再奢求着什么，永无止境。只有道德上的美好才能赋予人完全的愉悦。在此，完全的愉悦——就是别无他求，也无须他求。”

这就是列夫·托尔斯泰。

他像其他很多人希望的那样，希望有另一种美学，宽恕的，有益的美学。

但这种美学并不存在。不过，为之而斗争却成就了作品。

这些作品完全是另一种形式。艺术可以加工作家的道德伦理和世界观，使作家摆脱最初的夙愿。

当事物落入作家之手，它们就会发生改变。

比如，正是巴别尔给我指引了前面的托尔斯泰的片段，巴别尔是为了自由而斗争的。

他非常有才华。

我记得在他的喜剧里死去的达维多夫。他小心翼翼地从头上摘下高筒帽，为了不弄乱发缝。

巴别尔就是这样以自己的才艺出现的。在他的作品里，生活并不像流淌的河流。

请改变传记吧！充分利用生活吧。打破自己而折服吧！

请保持住修辞的冷漠吧！

我们，理论家们，需要了解艺术中的偶然规则。

偶然的——这是审美之外的范畴。

它与艺术有着因果联系。

但艺术是以材料的变化为生的。以偶然性为生。以作家的命运为生。

——为什么你把自己的脚碰伤了？——弗洛伊德问自己的儿子。

——为什么你，傻瓜，需要梅毒？——一个人问另一个人。

我也需要命运，当然是为了写《第三工厂》。

而那些有关情节的手法，就在我的房门旁，它们就像被烧坏的沙发上的铜制弹簧。它们已被揉毁，不值得修理了。

比如，我们就拿很常见的情节为例：某主人公为了能进入住着他喜爱的女人的房间，正在克服着重重阻碍。

在这种情况下，起初我们会设置分阶段性类型的情节，即基于一系列困难的情节。

可是，在后来的一些版本里，该情节却变成这样的形式：达到了自己目的的主人公，由于疲倦而睡着。

假如最初的情节是以这样一种形式呈现的：a＋a2＋a3，那么接下来的情节就是一种二项式，在这个二项式里所有的困难障碍都可以提出来或者用字母“a”标出，而结局是“b”。也就是说，最初的情节是基于成员之间的不平等。而在后来的版本里，所有的斗争都被视作完整的，而情节上的不平等则来自于意外的结局。

我们现在就处于这样一个情节形式不被感知的时代，该时代已经远离于意识的光明地带，就像语言中已感觉不到的语法形式。

我正在做糟糕的事情

有些债务是需要偿还的。俄罗斯文学史，我就没写完。

不过没地方可印刷出版。有人在同我们论辩，但事情并不在于我们，而在于材料。事情就迷失在争吵之中，人们在争论，并且善用术语。把写得不确信的东西放入教科书里。同时我们总在犯错误，除了一件事——我们是手艺人，在手艺中我们是自己人，如果有想法，我们就会写书。

而事实上，有关形式主义方法已有一系列的书，而俄罗斯民族学史中还有一个派别。不，我们并不是为此才毁掉生活而受到侮辱。我们不是春播作物，我们是秋播作物。现在就已开始春播幼苗，优良的牧场是不会破坏牲畜的。

不要去做英雄主义行为，我们不要做植物学上的牺牲。我们不是马克思主义者，但如果我们在日常生活中需要这个工具，那么我们就不再会有意地用手吃饭。

艺术的时间是沉重的，修复性的。

电车车厢“A”不是作家，它们从果戈理站到果戈理站。

艾德加尔·波再现过未来的海洋，它整个被一个个浮标上的缆索覆盖着。人们梦想着未来，憧憬它改善、继续。未来——这是革命。在未来不会因为房租而争吵。

与红色的修复相比，焚烧书铺、禁止图书印刷要好些。就当人们不懂艺术吧！巧克力原料并不是甜的，矿石并不会发出尖细的声音，电线里的电并不会发光。

艺术，当发生改变时，我们可能感知不到。

春天和一段夏天

20 年代，在彼得堡城市里，人烟稀少使我感到痛苦。总有那么个人，要么在路灯下要么在道路中间撒尿，也不用放下胸前挂着的雪爬犁的绳子，不会有别人出现在这一夜景里。

街道越发变得像大道，一道不太深的车辙曲折蜿蜒地通过这里。

所有街道都被覆盖得严严实实，这非常无聊。很想自己走上去，踩出一条路。夏天里，有时会吩咐我们清除杂草。

还记得，在涅瓦河上举办过什么帆船比赛，在白天吊起了桥梁。

一般是在白天吊桥。从下面，一旦有什么靠近，就会鸣笛，于是就被带走。

一次，我就目睹过尼古拉耶夫斯基桥的架设过程：两三个等候者降了下来，看到吊车后，就开始用手转动它。桥架了起来。

对于我这个市民来说，这是一件如此可怕的事情，就好比是用手去推跳动着的心脏。

白天，伴随着几个小时的吊桥，聚集起来一些人……

在快要接桥的时候，众人一下子架起它，瞬间就出现了一块彼得堡地带，酷似活生生的人。

在冬季过后的春天里，谢斯特罗列茨克出现的就是这样丰富多彩的天空。

整个天空都在畜群里，在人群里，在星星点缀里。

好像在驱散示威游行队伍，抑或是中学生们从中学校长舍波瓦连科夫那里跑向石岛路。

莫斯科的郊外可没有这样的春天。

在巴克罗夫斯基—斯特列什涅沃的子午线上，春天是这样降临的：雪融化了，大地显露了出来。

然后，时而还会飘起雪花来。

在复活节的时候，我勉强刚收集完常春藤的叶子，冬季就又结束了。但我还是摘下庞大的外扇玻璃窗，这里的窗框要比房间高出，向上外延，算作一种特别的侵吞吧。

树木上长出黄绿色的幼芽球球。

在森林里，确切地说，在树下，小草微微地摇曳着以往的叶子，生长着。

稍后，稠李在新的寒冷中开花。

至于丁香，我不知道说些什么，它们是稠密的。夜莺的歌声是如此之大，以至于在夜里可以从山的后面用工具射到它们的头部。

盛装的树木，把花园分成了几个部分。

人们行走着，窃窃私语，用稠密的丁香抽打着自己脸上的蚊子。

莫斯科人来到这里要乘坐无轨电车。

天气已开始闷热，人们在斯特拉斯广场上排着队。我们旁边站着卖冰激凌的人，还有一些自行车运动员。饭店。还有窗前的管弦乐队。

观众一边停下来，一边读着我们眼前的中心博物馆的题词。他们操着各种口音。

收款员坐在通透的大门旁，也用丁香拍打着自己的脸。有蚊子。而当小狗阿丽玛跑到我跟前时，已感觉天气渐渐凉了下来。

傍晚的时候，路灯亮起来。路灯旁的绿树丛，看上去十分茂密。

夜里的时候，汽车沿着林荫路向饭店驶来。

我会成为什么样的人

我的生活并不好。日子过得乏味单调，像是在安全套里。在莫斯科没有工作，夜里做着噩梦，我没有时间写书。

被我复活的斯特恩搅乱着我的身心。我不单是在定制作家，而且自己被他制作而成。

我在国家第三电影制片厂供职，做着剪辑胶片的工作。满脑子想的都是胶片里的那些片段，就像剪辑室里的篮筐。生活成为偶然。

我的生活可能已被毁掉。没有力量向时间反抗，可能也不应反抗。也许时间是对的，它正按自己的方式改造着我。

在 18 世纪英国长篇小说家斯莫利特的小说里，我们可以发现：一个熟悉的主人公，英格兰人，给自己的同样是英格兰人的学生传授一种新的不太清楚的发音。结果，这个独特的发声法——竟是这样一种方法，即从审美角度看，它对于现代英语来说却成为如此的典型，并被视为一种特定的时尚，在英国扎下了根。

有理由认为，法语发音是用小舌发音的，这种发音方法从多菲内地区传遍了整个法国，这也变成了一种独特的时尚。成为时尚的，起初还有波兰式的重音（单词上重音的位置固定）。

但是用小舌发音和听不清楚的发音这些事实，是从哪里产生的呢？我在插笔之后再做一个插笔。

奥勃亚兹学派与亚历山大·维谢洛夫斯基学派的区别在于：维谢洛夫斯基学派是一种文学的进化，是一种在缓慢的发生变化的现象中不易被察觉的累积。

如果说维谢洛夫斯基发现了情节史上两种因素彼此有着极大不同，那么在他无法身处中间环节的情况下，他认为这种中间环节已经消失。

我认为，情节的发展是辩证的，它们互相排斥，并且似乎是互相戏仿。如果说维谢洛夫斯基有时几乎公正地指出，一定的艺术手法作为日常生活经历能够出现的话，那么我认为这种解决问题的方法是有所不足的。

我把这个问题简要地概括如下：艺术作品的改变是可以发生的。且是参照非审美因素发生的，比如，之所以说这种语言影响着那种语言，或是产生新的社会需求。这样一来，在艺术作品中，就会无意识地、不考虑审美地产生新的形式。只有在此之后，这种新的形式才能得到评价，同时它也会失去最初的意义，失去审美之前的意义。

与此同时，之前存在过的审美结构则不再继续被感知，也就是说，失去了自己的骨架，被凝结到统一的成分当中。

我所获得的经验

我害怕自己落后于时代。我的一切发布都还顺利，但却突然落到了你赞同“没有脚更好”的地步。

我想把岁月当作命运去利用。用自己的文化手艺去迎接这个时代，就像两支相遇的鞑靼军，为了新的话语而产生。

不过，青春已被喝干，嘴唇被烧痛，有可以供职的工厂，有可供阅读的剧本。75％的命运已定，要习惯波澜不惊的生活。

但还是有一些事情欺骗着人们。现在我在同一个妇女说话，她来自阿尔丹，是从雅库茨克去那儿瞧瞧的。

人们从泽雅前往阿尔丹，鄂伦春向导抛弃了他们。大家都非常饥饿，只能吃树叶，每天行走两俄里。人们决定抓阄。一共有 86 个人，人们想吃掉一个人。纸阄落到了一个年轻的俄罗斯人这里，但是，一个鞑靼老头因为心脏衰竭而死。这个年轻人非常高兴，大家就把这个老头吃了。

然后，人们到达了阿尔丹，每人得到了两平方俄丈的土地。他们开始砍树，淘金子。看得出，阿尔丹是一个服役的地方。

没有一个鞑靼人白白地高兴。

有这样一个经验之谈：妇女在得知你爱她之后会看着你说一声“谢谢”。我还没跟女人说过“爱”她。

工厂里乌烟瘴气。

在工作室里悬挂着36个电影放映灯，4个银白色的小平台，但摄影并不多。走廊里有预报，日子过得寡淡如水。

没有风力。

鸟儿支撑着我，我用自己的肉喂养着它，并已成为习惯。大腿肉，排骨肉，薄薄的边肉。鸟儿啊，我把心也给了你，你用不着说“谢谢”。

工厂的剪辑间里散发着一种水果糖的味道，所以需要稍微地改变一下胶片的命运。

水果糖的味道是来自于梨树香精，要把它粘到胶片上，由女装配工来粘贴。这是一种有害的生产工作，人们往倒片器上缠着胶片，它运行起来，闪动着镜头，就像去阿尔丹途中闪过的松树。

但是我知道——这些工作的手艺要比我聪明。

给迪尼亚诺夫的信

我亲爱的尤里，这封信不是现在给你写的，而是在上一个冬天：信件意味着这里是冬天。

我先不说正事，而是说说，谁发胖了和谁拉小提琴的事。

发胖的是我。现在夜深人静，我已经迈过了疲倦的门槛，正经历着这样的，能激起我灵感的事情。是的，我的脑袋里像房里的灯光一样，刻着两个数字。一个是一位数的，我需要多少钱。另一个是两位数的，我需要付多少房租。

状况是非常严酷的，需要考虑——哪怕是在走路中，反正都需要考虑。我非常喜欢你的关于文学事实的那篇文章。不难看出，文学的概念是灵活多变的。你的文章非常重要，可能具有决定性的意义。我无法复述别人的思想。关于你的文章的结论，请你亲自给我写出来，而我给你写一下关于自己的不着边际的艺术思考。

我们确信，文学作品在获得可能的分析和评价的时候，其实并没有走出文学序列。

我们可在自己过去的论著中找到很多例子，比如，那些被认为是“反映”的东西，实际上却是修辞性的手法。我们都证实过作品是被完整地创作的，作品中并没有脱离于材料构造的东西。但是，文学的概念却总在发生着变化。文学在成长，它吸收着非审美材料。这些非审美材料在同那些已经被审美加工了的材料的相互冲突中发生着变化，这一点应该得到重视。

当文学被扩充进了非文学因素的时候，它就变得极富生命力。但艺术形式以自己的独特方式抢劫着萨宾女人[1]。材料不再辨识自己的主人，它通过艺术规范被加工，并有可能在自己的发生之外得到接受。如果不清楚这一点的话，我们做以下说明。相对于日常生活，艺术应有若干种自由：1. 无法辨识的自由；2. 选择的自由；3. 被感受的自由（事实保存于艺术，却消失于生活）。艺术为了创造被感受的形式而运用有品质的对象。

而无产阶级作家的困境在于，他们欲将事物拖到屏幕上，却不去改变他们的标准。

而我呢，却已发胖，鲍里斯一直在拉小提琴。他犯过许多错误，第一个错误就是我的一些著述中普遍都具有的：没能注意到非审美序列的意义。

通过日记来说明作品的创作之路同样是不可取的。[2] 这里有潜在的谎言，仿佛是作家自己在创造、在写作，而不是同自己的体裁、自己的文学，以及其进行斗争的所有流派并肩共存。作家的专

1　此处依据罗马刚建城时由于苦于女人不够而抢夺萨宾女人的传说。当时罗姆制定了一些游戏，邀请邻族的萨宾女人。在做游戏的时候，罗马人抢走了未出嫁的萨宾姑娘。

2　当时艾亨鲍姆正在写作多卷本的关于托尔斯泰的专著。

著——这是无法实现的任务。此外，日记会引导我们注意创作的心理和“天才内在的创作活动”等问题。而我们需要作品。

作品和创作者之间是从属的关系。艺术相对于作家具有三种自由：1. 不能掌控其个性的自由，2. 基于个性而选择的自由，3. 基于所有其他材料而选择的自由。我们需要研究的不是问题的关系，而是问题的事实。需要写作的不是关于托尔斯泰，而是《战争与和平》。只要你给鲍里斯看信，我就会和他谈这一切。请回答我，只是别把我拖进文学史中。我们将从事艺术，我们都意识到：所有的艺术家都属于历史的艺术家。

P. S. 个人的生活提醒我努力去融化一份冰激凌。

给鲍里斯·艾亨鲍姆的信

我要给你写关于故事的问题，你把故事定义为聚焦于叙述的口头话语。[1]

但如果这一点是可信的，那么难道故事就可以从情节之外来审视吗？柯南·道尔[2]的《热拉尔旅长》创建于以下两个层面：1. 关于功勋的讲述。2. 对由故事而派生的讲述的戏仿。一切的功勋似乎都是错误的，讽刺需要有讲故事的人。在列斯科夫的《跳蚤》里我们就能看到这一点，事物被封闭起来：被钉上掌的跳蚤不再舞动。故事，为重新、富有讽刺地接受这部貌似爱国主义作品提供了可能。这样一来，故事（经常，至少）是一种情节的方法，所以不能在情节之外来考虑。故事还常常说明形象体系。故事情节进行重新加工，从最初的层面塑造众多情节因素之一，并不在于故事，不在于划分界限。没有韵律，没有韵脚，也没有形象，只有程序。我说的并不

1　这里指 Б. 艾亨鲍姆的几篇文章：《〈外套〉是怎样写成的》（1919），《故事的错觉》（1918），《列斯科夫与现代小说》（1927 年发表，但 1923 年就已写完）。故事——一种特殊的指向口头语的叙述。

2　柯南·道尔（1859—1930），英国作家。

确切，但我们所有创作都用于手法的集结，用于并不存在的物质和能量，或用于任何情况下个体劳动所具有的等效热量。维诺格拉多夫不明白这一点。

说明书

为什么这封信落到了这里。

在丹麦有一个城市，哥本哈根。城里居住着安徒生。这是一个如此之小的国家，以至于在它的铁路上只提供半票即可。

当时，那里的油脂灯被换成了煤气灯。[1]

“为了上帝，接下来是，——果戈理在自己的经典中篇小说《涅瓦大街》里这样写道，——您要尽可能地绕开油灯走过！如果您只是因气味难闻的油脂洒到讲究的常礼服上而受到损害的话，这还算是幸福的。”

然而，除此以外，油灯，如同所见，是一个浪漫的事情。尤其是，当把它换成煤气灯以后，星辰给昔日油灯提供了一个礼物。如果在其上面燃起腊制的灯火，它就会变成魔术灯（类似于某种电影）。

雨成了另一个礼物……“当一切都令你厌倦的时候——他说道，只要还有愿望，就会得以解脱。”

一个看守——退休的劳动英雄得到了油灯。油灯喜欢这位看守，

1 接下来讲述的是 Г. Х. 安德尔塞的《一个老街灯》的故事。

并愿意做他的电影放映机。看守喜欢油灯，并时常给它浇点油。但是，为什么说要在街灯里燃起亮光呢?

油灯去了编辑部。

它说道:“不，我不是魔术灯，我是投影仪。”我不会照射房间。我是研究者……

我厌倦了自己说俏皮话的本领。俏皮话——这是对不相似的事物的包容。我是艺术领域的发现者。

我没地方可以照明。我是在书中给自己燃起亮光。

至于存在，它的确决定意识。

在艺术中，经常会有与存在相悖的情况。我的头脑日复一日地思索着，生活中最好的东西——这就是早茶。

要知道，不该这样啊：一些人在艺术中洒热血、播种子，而另一些人在那里撒尿。

验收是要看重量的。

朋友，我不是持之以恒的马克思主义者，我也不建议你如此。干我们这行的，最好不是遵循，而是钻研。当然，这是一语双关了。但何谓一语双关呢? 这就是在同一个话语符号中两个观点的交叉，在不平等的意义的感知中形成游戏。还有另一种思维，“您的头发真好。”——我对一个记者说道。

“不是我的头发好，而是毛发好。”——他回答道。

“毛发”——这是一种不敬，它不是头上有的，这位不明智的人赋予了此复本另外的含义。

同义词寻找自己的职能，寻找意义。可以比较一下冯维辛《纨绔少年》里关于同义词的对话。这里涉及这类句子："心灵的东西——不会理解精神的东西"，还有安德烈·别雷对具有不同含义的"мятель"和"метель"两个词的判断。

在您（马尔）[1] 的著述里，似乎也正在谈论此事；似乎可以这样来确定您的思考——（在普遍规范的语言史上）复本可促成新概念的产生。请回复我：您所做的数是否正确？要知道，数字 1、2、3，显然要比一个、一对儿、三个这样的概念出现得晚。此外，是在数字还是 3 的基础上产生的 5？回想一下旧铜板上 [2] 的数字——一打儿。在鸡蛋业内，12 个一打被叫作"一大百"，而过去宗教寄宿学校的学生们（波米亚诺夫斯基）的"一大堆"（纽扣）也是用于乘以 12 的 12 个。试比较，皮革业内的数字"格罗斯"[3] 和"四十"。"一大百"——这是指在十进位的基础上的十二进位数。

我想说什么呢？这就是我想说的。需要探讨的不是原始语言，甚至不是语言本身，而是与生产相联系的语言，其优势就在于它是鲜活的现象。非语言学者的观点是过于挑剔的。你从事的是原始语言，但你是否确信，对待话语的态度、听话的条件、话语规则的质地性不会发生变化？不仅话语会发生变化，对待话语的态度也会发生变化：比如，我相信，话语在自己的生存过程中会通过形式和各种格的确立阶段。同时，各种格的缺失，又是一种游戏现象，它类

1　20 世纪 20 年代的中期，Л. 雅库宾斯基离开奥波亚兹，在东方学家、语言学家、俄罗斯社会语言学理论创始人 Н. 马尔那里工作。这个学术生涯的转折，雅库宾斯基与 1925 年在马尔那里针对数词方面的研究相联系（什克洛夫斯基将在以下所写中涉及）。

2　即 5。

3　简称罗，等于十二打，用于计算服装上的小零件等。

似于幽默的暗语。

列夫，亲爱的，我也住在八层楼，共青团员们气喘吁吁地来到我这儿。小猫从我的窗户往下看了看，由于头晕掉到了马路上。疲劳的曲线图——是个好东西，它可以从一开始就降低劳动，但在疲劳的背后，在虚弱致极之前，是会出现灵感的。我相信你的灵感，等待你的来信。

嫉妒的海湾

11 点半。

——冬天，旧教徒们在佩依普斯湖泊旁，——我对索洛维伊说道，——用棒子击打捕捞出来的鱼的头部。他们说，在这种情况下，鱼才能张开鱼鳃，于是被冻死，并且在销售时样子看上去会好看一些。[1] 我快冻死了，索洛维伊，——但你可知道，我在被销售时会是什么样子呢?

——至于钓鱼，——我听说过，——采用的则是另一些方法。比如，你读一下，巴布亚人[2]是如何做这种事的:“徒伊从河岸树后走出，眼盯着鱼群的繁衍。突然，鱼群好像受到一个不祥之物的剧烈追逐，涌向岸边。徒伊跳了几步出现在鱼群旁，那里的河水要比膝盖矮些，当然一眼可见水底。徒伊突然用力一跳，就抓住了一条鱼。徒伊是用一只脚抓住那条鱼的，他先是用脚掌压住那条鱼，然后一边用大脚拇指和二脚拇指夹住，一边拾起了它。”至于它的样子

1　见舍申的回忆录

2　指米可鲁科—马可拉依。

怎样，我建议你首先刮鳞。可以用一块竹子很好地刮一刮，并在煤炭火上加热，然后砸开。还有另一种方法：用玻璃击碎。

可我忘了在自己的故事里说明时空的坐标。

因此，我们还是不要从时空开始，而是从数数的角度开始吧。

法国老房子里有一群猫，人们在墙洞里给它们留了通道。这些通道从一个房间到另一个房间，从一层楼到另一层楼。

现在，我代表那些不善于在食堂吃饭，也不会把钱用到有利的事情上，并因此在街上吃小面包（如果他们没有家庭的话）或者用别人的甜点充饥（过后一整天呕吐着酸涩的碎乳皮）的人，请求人类允许我们走类似的通道（用于猫出入的）。

当然，我要讲的是另一个故事。我们就从居住地点开始讲起。

事情发生在五月份。

在尼古拉大桥旁的轮船上，空中一面面旗帜拍打着桅杆。

在空旷的街道上，风大面积地吹打着宣传板。

城市里的一切都倾倒歪斜，被搞得乱哄哄的。

宣传板、桅杆和城市看上去华丽而美观。

人们向空中放出啪啪的声响，声音像豆一样密集。[1]

我穿过“公平”大桥，沿着一个单独小道边走边想：现在是五月一日，这座大桥暂时叫“特洛伊茨基”大桥，两年后才改了名为“公平”大桥。

我去找索洛维伊。索洛维伊开了一个古玩商店，他坐在写着

1　指庆祝五一节日。

“一个快乐的土著”字样的招牌底下。这位土著独自快乐着。

七层楼里有他的一个大房间。

一面被蛾子嗑坏的绿色麻布帘幕，把房间隔成了一个小屋——如同一个小港湾，于是我就让他给他自己做一条外裤。

在一个挺大的房间里，挂着一幅幅画，铺着乌克兰地毯，有两个不太大的白色小象立放在那儿，冷风飕飕的（小象是用珐琅做的，只有狗那么大）。

在帘幕后的港湾里，冷风持续地刮着。

只有在沙发床上才不至于感到寒冷，因为在床上披上里外带鹿皮的毛皮大衣，就会洋溢起一股暖流。

墙角有一个壁炉，外号叫“疯子”的扎克，有时在木制的箱炉的废墟上煮咖啡。

这个疯子永远穿着一条甚至至今都还穿在身上的方格裤子。

其实，那天也不太冷，是我错误地夸大了那个地方的寒冷。

五月以降，我从头开始写。

当然不再从猫开始。接着，冬天来了。

道路都是从中央被踩踏而成的。

雪橇吱吱地响了起来。

疯子扎克将载着瓷砖覆面炉及装着两俄石煤的雪橇拉到了特罗伊茨基大桥上。

扎克是一个才华横溢的、能干的人，但却没有固定的工作。

他是一个不稳定的、忘我的人——就是那种无处躲藏的自我牺牲的人。

这会儿，我还是感觉到毛皮大衣底下一度消失了的寒冷。

毛皮大衣下面的主人是索洛维伊。

他 40 岁，可看上去像 19 岁。

他在表演“野蛮人”舞蹈的时候，曾扭断了自己的韧带。

他本来是适应炎热气候的。

他披着毛皮大衣躺在那儿，读着关于太平洋的旅行记，并给我们讲述儒勒·凡尔纳的故事。

——你撒谎，索洛维伊——我应道，重又调整了呼吸，长长地呼出一口气，——暖和天气是不存在的！你说的巴布亚人，他们用竹子刮胡子，不用香皂都结冰。

——我给你讲一段引文：“当看到他没有适合于天气的穿戴，随身带来简陋的却相当便于移动的炉子，即粗重地燃着微火的一块木柴，这是多么可笑啊……当看到他希望暖和一下身子，而把一块木柴从身体的一侧拿到另一侧，并一会儿放在胸旁，一会儿重又放在一旁，然后又放到另一旁，一会儿又放在两腿之间，又是多么可笑啊……”[1]

——依你看，这是生活吗?

——只有每天清晨或者在新几内亚才是如此，——索洛维伊答道。——但有些岛屿总是温暖的。这是一些有益的岛屿，很遗憾，有的被地震给破坏了。

在这些国家，是不穿包脚布的，也不羡慕毡靴。一次，有一个

1 指米可鲁科－马可拉依。

传教士来到一个这样的岛上，并讲述了他的国家是如此的寒冷，以至于水都冻得像石头一样结实时，这位传教士就因撒谎被关进了监狱，他的故事也被取缔。

现在，这些岛屿已被毁坏。人们在岛上发现了磷酸盐矿层，于是就如此加劲地开采这些矿层，以至于岛屿几乎被整个挖走了。

这些岛屿在120年以前才刚刚被开辟出来。

船是帆装的，人们坐在帆船上遨游，他们为轻易而得的微风和方圆大地而兴高采烈。

当时与欧洲人一起遨游、开天辟地的还有灰鼠……

——这可是一种武装干涉呀，——我在皮毛大衣下面嘟囔一声。

索洛维伊听罢并没停下来。

对于他来说，风是轻易而得的；刮风是因为宽敞房间里和皮毛大衣下面的温度的差异所致。

——每两三只船一起航行，——索洛维伊继续说道，——发生了闹事事件，对自己的船队采取断然的措施，到了夜间才乘帆艇返回。迎面还浮出了一群“野人”独木舟。

一只只独木舟乘风破浪，上面隐隐约约地坐落着肤色黝黑的航海人的简陋的小茅舍。野蛮人开始往船上投掷用珊瑚石磨得锋快的箭。回应他们的则是炮轰，占领了岛屿。

我稍微抬了抬皮毛大衣，索洛维伊停止了说话。

于是我开始说道：

——这是武装干涉。船航行着，就占领了。你记得俄罗斯人是怎样开辟库里尔斯克岛屿的吗？俄罗斯人开辟了岛屿，岛上住着土著人，土著人被攻下、砍杀。而他们，索洛维伊，有的由于悲痛而投进大洋，淹死了。所有的部落当时都因恐惧而哭泣、嘶叫。

——我还要跟你讲的是，——索洛维伊答道，——一次不成功的武装干涉。

俄罗斯人沿着太平洋航行。船舶是从彼得堡驶出的，从山地设计院出发。水很脏，就像彩画工在里面洗过画笔似的。

船舶驶过喀琅施坦德，途径塔哥、哥本哈根，风力很大的北方海，最后经过英国进入大洋。在那里天气则逐渐变得暖和并持久不变。

船舶就这样航行着，船队是由诺甫格勒德人组成的。

航道一路笔直，沿着巡航舰的线路，指南针的箭头没有改变过角度。当然，这艘巡航舰，乘载的是坐在同伙舱室里争论着革命的年轻的军官们。

不是十月革命，也不是二月革命，而是法国革命，当时正值活动刚开始，像英国的罢工那样。

他们争论了“社会和约”，自然法则和人的自由。

还谈论到了妇女。

在此我删去这些谈话。

岛屿从水面浮现了出来，好像脱离了海底。

大部分海洋已出现航线，这些岛屿在地图上已经被那些子午线和平行圆圈固定下来。

船舶应该去开辟新的大陆，最差的情况是岛屿，以便称之为“默尔德维金伯爵大地”。

后来的考察就是如此。

默尔德维金是女皇的新情人。

还命令开辟一条采萨列维奇·帕维尔湾，亚历山大海湾和不低于2000俄丈的波焦姆金伯爵山。

这一切都需要开辟，合并到赫尔松省。在上路的第三天，船舶从地图上最后一个出现的岛屿驶出，陷进了海藻里。它停在那里，一蹶不振，就像在一片绿色的雪地里。

水手们飞奔了四天。

第五天时，驶过了海藻。第六天，坐在桅杆上的水手喊了起来：“陆地！”

默尔德维金岛屿被开辟了出来。

这是一个相当大的岛屿或是一组岛屿。

只是必须要验证一下，采萨列维奇·帕维尔湾是否在这里。

波焦姆金山已经清晰可见。

轮廓依稀可见，处在雾霭中。

山顶是塌陷的。

山很像疯子扎克的细毡帽……

疯子扎克，因他的帽子而引起人们的好感。他钻出自己的皮毛大衣，在旁边二层楼（石岛街的一角）火炉的残骸上煮起了如此美妙的阿拉伯式咖啡，即便是在咖啡的故乡，这样的咖啡也不用放糖。

我们喝完咖啡。

扎克回到我们这里，在我身旁伸了伸自己冰凉的、带有方格图案的双腿。

——太热了，——索洛维伊继续说道。——太阳光线飞溅到大炮上，金色的光影洒满船帆。

巡航舰上的黑色船舷沸腾着焦油味。

一只试图跑过炙热甲板的灰猫，尖声地叫着，用干巴巴的舌头舔着被灼烧的双脚。

一道白色的浪花，翻卷着，漂移到船舵的后面。

出现一条白色的环形带。

白色的环形带笼罩着岛屿，蓬松得就像一只大白熊和一堆菊花，毛茸茸的就像波克罗夫斯克一斯特列什涅沃的牧羊犬。

环形带发出丝丝的、嘶哑的声响，顾不得沙皇旗帜下的船舶。

浪花翻滚着，紧随在巡航舰的后面。

巡航舰沿周围绕过岛屿，瞬间闪过一个海湾，但白色的环形带发出丝丝的声响、嘶哑的声音。

默尔德维金伯爵岛是无法到达的。

派去的大型舢板，俄国舰队祖辈的同胞，在起伏不平的沙丘上兴高采烈地触礁、折毁了。

然而，岛屿必须要连接成一体。

于是命令两个传令兵和一个海军准尉，用牙叼着星盘，游到了岛上。

——鲨鱼呢？——扎克插进来问。

——为了鲨鱼已经吩咐水兵从另一船舷游去吸引鲨鱼，——索洛维伊答道。

巡航舰围绕着无法到达的岛屿游弋了一整天。

后来光线暗了下来。

天空中出现了无数的，未知的，似乎偶然聚集起来的星星。

波浪被击碎，形成闪着亮光的四溅的水珠。

船舵后面的水域发出彗星尾巴似的光亮。

总之，不赖啊：夜晚是热带的……

——你是巨蟹星座的，还是摩羯星座的？——我问道。

——超暖的摩羯星座！——索洛维伊回答。

——加糖不？——有人打趣地说。

这一刻，我们上方的灯光已开始变黄，然后暗了下来。

窗影从墙上爬了上来。

——早晨，——索洛维伊继续说道，——是很美好的。

刮着令人舒服的、愉快的微风。

水兵没有归来。

六点三十五分的时候，起伏不平的沙丘后面呈现出三个以上的小点点。

快到七点时，巡航舰被光着身子的野蛮人包围，这是一些快乐而强壮的人。

他们坐着树桩，游着。

他们的皮肤并不是很黑的。

他们中间有三个人完全是浅色皮肤的人。

拿些钉子来！——他们喊道，滑向巡洋舰，——拿些钉子来！

旋梯降落下来，三个白皮肤的人：一个海军准尉和两个水兵——上到船舷上。

他们面带疲倦而得意的样子。

岸上有什么？——船长问道。

被卢梭称为自然人的人。——准尉答道。

赤身的粗野人，——水兵说道。

船长，——准尉禀报道，——今天有圆月，海湾将会特别高，可以在一个地方用舢板索拖巡航舰。

可以走了，——船长说了一句。

准尉跑到造船木匠跟前，从他那里收购了所有的钉子。

过了几个小时，巡航舰已顺从地矗立在鲜花盛开的岸边，巡航舰与大海被吱吱作响的海浪漩涡分开。

又过了几个小时，“野蛮人”成群地登上了船舷。

他们对大炮和陌生人感到害怕，所以下不了决心沿甲板走。

愉快的准尉往自己身上捆上绳子。他们抓着绳子拽着，决定跟在他后面走。他们嬉笑着，有些胆战心惊。

他们欣喜地得到几块布料，听着用拨弦古钢琴为他们演奏的《假如光荣》。

船长下到岸上，向村庄宣读了关于合并的文件。

就剩下一件事了——销毁偶像，但偶像没有找到。

天气异常缓和而怡人。

这些野蛮人原来是一些黑皮肤的农夫。

他们借助尖尖的棍子翻着大块大块的土地，然后再用细长的铁铲击碎这些大土块。

在我们这儿叫作——一个诺甫格勒德的水兵说道，——松土。

村子跟我们那儿的不一样，整个都是编结而成的。

茅舍都是立在木桩上的。

沿着街道设置了编织栅栏，有十五英尺的高度。

把街道分开，——军官说道。

可不是，大人，——水兵反驳道，——这是用来挡风的。

——索洛维伊，别停下来，给我们讲讲，——我建议道。

一整天水兵们都在岛屿上窜动。

他们不慌不忙地做着一切，因为时间很长。

波利尼西亚人用石头斧子砍了两天的树，这些石斧用生揉皮带系着把手。

还有用几块易碎的贝壳做成的斧子。

那里的糖是随便吃：甘蔗——可劲地嚼。

他们那儿跟我们一样没有火柴。

——索洛维伊，难道你不记得了吗，——我们不赞同地说，——再过两年要实行新经济政策?

——唉，我怎么给忘了。可他们那儿不会的。他们都爱惜火源。

据说，他们也会焚烧林中腐朽的树木，树木烧得很慢，以至于可以抽着烟、数着时间。

据说，树木挑选得不对，就会烧得很快，那样的话，部落就可能死于未老先衰。

那儿不像我们这儿。充当口粮的不是金钱，而是一捆捆的草席。

水兵们沿村走着，好奇不已。军官们讨论着卢梭。

野蛮人笑着，说着一个生词——“拿些钉子来!!!”。

滑稽的人们，——水兵们感到好奇，——他们不打婆娘，还让给其他农夫。

他们看着，笑着。他们光着身子，只带着手镯。

当时在莫斯科人民澡堂的更衣室里也不过如此。

拿些钉子来！——石器时代的人们这样喊着。

野蛮人的刀子是骨制的和竹子制的。

水兵们则向他们传授金属和玻璃的用法。破碎的瓶子原来是非常有用的：野蛮人用它们刮胡子。

这些外来人快速地被分散到各家各户。两天后，他们彼此通过野蛮人已成了亲近的人。

在岛上俄国旗不知被谁给撤毁并拿去做了裙子。

船长，——一个没留胡子、从未上过岸上的水手长禀报道，——我们的船舶吃水太浅，很多东西被偷走、掠走。

帆还完整吧？

它们放在我的座舱里了。

您为什么不去岸上呢？

我是一个阉割派教徒。

真的吗？

我还是删去这一环节吧。

又一个水手长走进来，留着胡子，但他因忠实于妻子而没上过岸，他妻子生活在洛杰伊诺耶波列。

而水兵们却没回到船上，尽管他们许过诺，在船上要大喝一场。

人们从各个邻村聚到一起，同他们一起坐在篝火旁，挨着头撅着干树枝。

魔鬼甚至不知羞耻，——水手长说道，——放荡起来还开玩笑。

我还是没删去水手长的事，他怎么又钻了出来。

我去找一下旗子，——船长说完就走了……

——夜里一点啦，——一个名叫罗扎的穿着绿色粘靴的妇女打断说道，她现在在西西里岛。——快一点啦，结束吧。

——你有通行证吗?

——没有。

——他们也没有。

——野蛮人是没有文字的。不过，他们有板子，在上面可以雕刻些什么。识别上面的刻印，就如同书写一样，从左向右，然后从右向左。这就是他们所知道的自己文献的全部啦。

这时，时钟快要敲到收场……

——最好通过冰面往斜对过走。坚持通过暴风雪，走阿德默勒尔蒂山顶那条道。

岛上非常炎热。

船长换上了白色的制服。

太晚啦，——那位我删得不好的、不可能是顾家之人的阉割派教徒，边跑进来边说道。——太晚啦，轮船在往下沉。外面有人从船上拽下所有的钉子呢！[1]

——还有三分钟。

1　这可能发生在船长库克的船上。

——巡逻队不会碰你的。

——沿着冰路走。

有这样的岛屿（甚至好几个）：岛上的人都吃甘蔗。那里很热。

波利尼西亚语言混杂着俄语。

村子的一头甚至保留了法语词语。

光着身子的野蛮人在那里松土，晚上军事吹奏乐队在演出。就在林荫道花园里。

在那里，钉子很多，还有一个海湾，里面淹死了一个水兵，他不需要钉子了。

这是“嫉妒的海湾”。

在岛上，土地是三季轮作的。

每逢节日的时候，村子都要格斗，从这头打到那头。

就让吱吱作响的环形波浪飘扬并生成几百俄里的海藻吧，让暴风雨蔓延并守护着岛屿吧……

——那默尔德维金伯爵呢？

——赠予了他一套茶具。这套茶具现在放在“愉快的土著人”的古董店里。

走吧。

飞机像一个笨头笨脑的甲虫在飞行

我好久没有写作了，这是因为我被劳作搞得震耳欲聋。从身体上，我的右耳将要变聋。

这是由于一个电影制作者的愉快劳动所致，由于沥青地上母鱼的用力甩子所致。

我不想用村子的故事再来填补间歇。村子——这是我们的命运。一个没有烧炉子的房子无法烧暖屋子。我们的文化是资本家的，它像铁制炉子那样烧暖过屋子。而在荒芜的、没有照明的村子里，木柴和铁器都在变得冷却。用毛毯将无助于阻挡门风。

我们被允许乘飞机到顿河，飞机上的地板比家里的厚实得多，它使我感到有一种向上的压力。并排有两个翅膀在飞行，像屋顶一样。云朵和大地并不太美观，从审美角度我不太习惯于这种俯拍。田野上的一条条小路酷似一道道裂痕。在下面，许多邻国的田地被踏坏。从上面看，河流很像一个大手笔的题词，田野上什么画都没有。整个台本都是为莫斯科河做的题词，然后是沃罗涅日，以及它上方的转弯处，好像是被吹歪了的钟楼。

破旧的汽车，装着跳动不匀的心脏。飞机被固定在桩子上。

飞行员是幸福的人。真的，当有人在餐馆里演奏小提琴时他就哭泣，他说自己被妻子抛弃了。但在白天，他却在沃罗涅日的河里用玫瑰香皂洗澡，孩子们兴高采烈地用香皂给他搓身子。在城市中心有一处简易茅舍，里面有罗托[1]……却很枯燥乏味。人们嬉耍着，没有花香。还不如坐在板凳下的中学时代。玩罗托的都是一些微不足道的服务人员和工人们。

——56……49……——坐庄人喊道。

夜里，我做了一个深感负罪的梦。

1 一种抽对数字的游戏或赌博。

沃罗涅日省和普拉东诺夫

我们在地理教科书中学过的所有河流：沃罗涅日河、比丘格河、霍皮奥尔河、静松河……现在都看不见它们。它们长满了芦苇。如果移开芦苇的话，下面芦苇之间才是潮湿地带。普拉东诺夫清理着河流，普拉东诺夫同志坐的是一个被当作汽车的勇往直前的木盆。

草原无限宽广，黄鼠蹲在路上，它们不怕汽车。在草原上，清楚可见四轮大车，车上有装着水的水桶。

这里还不是沙漠：此处没有骆驼。没有水。

有的地方甚至四十俄里远都没有水。荒漠是沿着沟壑蔓延至此的，河流出现过，又干枯，再完全变得干涸。于是，人们就在它们底层挖掘水井。

一些村子缓缓地向水边移动，并慢慢地聚集成一堆。一些大一点的村子有一万五千个居民，这些村子叫作大格尼路莎，乌斯曼·索巴奇亚和其他一些快乐的名字。

有一些村子，其中整夜都有人拿着水桶站在水井旁。这里人和马都需要饮水。

如果沿着沟壑建一个水坝，就可以在其中存储水。在过去的两年里，这里刨出过如此多的土地，以至于它相当于四分之一的阿拉腊山。普拉东诺夫——是一名土壤改良家。他是一名 26 岁左右的工人，浅色头发的男人。

茅舍都是些石头制造的，窗户都被堵上，因为没有玻璃。

或者都是木制的，带有木头烟囱、草房顶。一切都用编织带捆在一起，就像装载的大车，以便不向四处散落。池塘位于草地里，真见鬼，它们看上去还蛮不错的呢。有一些池塘有几个门那么长，池塘周围栽种着白柳。后来围绕着池塘又建造了木舍。住进了人。

这里又冷又暗，像没有池塘的波可罗夫斯克—斯特列什涅夫博物院一样。

顿河混浊地流淌着，充满白色蜥蜴的沟壑向顿河飞流而至。

在这里，人们还清理河流，将它们修直，植入沼泽地，把石灰撒落到大地上，以便土地不会变成酸性。

就这样，静松河已被清理完毕。

普拉东诺夫同志非常忙碌。开始出现荒地。水流到地下，从那里流到地下河里。

冬天开始建造水坝。因为冬天时大地上冻，夜里水坝上都要点燃火把。

在省里，连梅毒都长成了黑点。它渴得要命。

这里有一座花园，它得到了浇灌。水是从深井里往上引出来的，水流到了木头斜槽里，斜槽安放在长长的支架上，水沿着斜槽流到一些大桶里。

花园得到了浇灌，于是果实就没有落，它们在长熟……整个花园都完整无缺。在它的周围，高高的燕麦在生长。

通常，在草原上，受到保护的四边形非果树得以保留下来，它们是兔子吃剩下的。兔子吃掉的是栽种物。

本该是发动机来抽水。

但却用弹簧水泵从另一口井里弄来水。弹簧送入水里反弹回来，而水就被弹到弹簧后面。

弹簧轮子由两个村姑来转动。在农村人口过剩的情况下，在沃罗涅日饥荒的时候，——普拉东诺夫对我说道，——没有比村姑更便宜的发动机了。她不需要折旧提成。

花园被灌满了水。当傍晚到来之际，太阳落了下去，天色开始黑下来。

我们坐在凉台上，和土壤改良家一起吃着不怎么好吃的晚饭。

普拉东诺夫谈论着文学，谈到了罗赞诺夫，谈到了无法写落日，无法写短篇小说。

在黑暗处，一些灰色腿的马在嘶叫，合作社的工作人员和它们一起过夜。马被赶去交配，灰色腿的马在嘶叫。

黑暗处便宜的发动机吟唱着。

我们开始动身。

半大小伙子击着铁铃鼓，用光着的双脚刨土，唱着纯高音。在外省，梅毒仅成为小小的斑点。

两个人跳起了舞蹈：小伙子带着铃鼓，女人穿着条纹印花布连衣裙。

小伙子唱着歌谣，内容有些不可思议。正如柏拉图早已熟知的那样，人统一被分成男人和女人。每种人都提供特定的标志。这些标志只是在歌词里提过……它们组合成新奇古怪的混合体。

女人用自己的歌声回应着。歌声却异乎寻常地学院式，好像没听过铃鼓。

接下来

水坝从地下开始建筑。水坝的拱顶，水坝的最底层——是用压实的泥土制作的。人和马都需要补给水，需要让庞大的、感到寂寞的、不能劳作的村子都安顿下来。

列夫·尼古拉耶维奇·托尔斯泰说过，如果你是为了描写而去看一些事物，那么你是看不见它们的。

普拉东诺夫了解村子，我乘坐的飞机在村子的上空飞了过去。机上有过什么不顺的事，我们在座舱里唱《积木歌》。飞机飞着，像一只笨头笨脑的甲虫。一侧下起了斜雨。

着陆后，我们在飞机里过了夜，飞机用防水布覆盖着。远处有一个孤儿院，400 个弃婴，每张床上躺着三个孩子。他们患上了疟疾和自闭症，患的是个人命运的缺失，孩子需要有个人命运。

这些孩子的姓名都是新起的：屠格涅夫、陀思妥耶夫斯基……襁褓被画上十字叉，以防被偷。村庄每个都很大——简直无法把它们烧暖和。村子里有一些遇到过革命的人。他们感到很无聊，渴望到城里。村子也想变成城市。

人群整夜都围在飞机四周，有警察在值班。一些老人问我们："乌云后边有什么?" 乌云——就是云彩。"乌云后边没有上帝，" ——飞行员回答道。

他讨论上帝，还发现了圣像：伊利亚·普罗罗克的战车上有磨得锋利的尖棒。可那时还没有车床呢。村庄不参与讨论，它是寂寞无聊的，而我们飞来了。村里人就问飞行要用多少钱。如果能把那些不安窗户的木舍里的人都聚齐去飞行该有多好啊……

村庄患上了自闭症。人们是从那场革命来到这儿的，渴望有个人的命运。

其他省份的田间地头

安宁的生活。在沃罗涅日省，一个农民静静地耕着自己的田地。他是用四头牛耕地的，这里的牲口对待这一切都耐力十足。卡尔梅茨的牲口。在国内战争期间，马比牛灭绝得严重。

耕地需要牛，只是它们害怕炎热。

但是，田野不需要我的讽刺。

我也不需要田野，而需要做现实的事情。如果我看不到这些事情，那么我就会死去。

在特维尔省，田野则是另一种样子：筑起了围墙。一些村子里有着十二块地呢。一个村庄的房子上这样写着题词："苏维埃。库图佐沃村的常务博物馆"。一旦库图佐沃村建成于苏维埃，那也就意味着是整个世界。这里供了电，木舍墙上贴着烟熏不坏的壁纸。

——这块土豆地——已经是城市了，——在利霍斯拉夫利有人跟我这样说道。

是一个只有两星期的城市。但这里的人们编织长袜，他们有机器也有钱。还有就是，对编织长袜的妇女的尊重。

人们用另一种方式唱歌。

在红色的山丘下，距离亚麻制造中心的地方，却在降雪，融雪。

打上铁蹄的马，怕咯吱，就走公路。人们沿着路边行驶，道路如此颠簸，以至于当人们发现前车轮已掉时，已经走了三俄里的路途。田野上的雪如同扯坏的兔皮。

而田野里，一些平面长方形，接着另一些长方形，亚麻放在摊晾场上。长方形的边角被做成了圆形。雪落到亚麻上，我们就是摊晾场上的亚麻，你是知道的。

我的个人命运没能全写到这本小册子里，它从童年起就结束了。生活被吹进裂缝里而变冷起来，周遭的屋子都没有取暖的。

深藏的、避而不说的爱没能成功。结果似乎是，我有专门文化的权利。我希望躺在摊晾场上。

第二个童年

他现在一岁半了。[1] 他有一张粉红色的、圆圆的、令人感到温暖的脸颊。椭圆的眼睛长在宽宽的眉宇之间，黑幽幽的。他还不会走的时候就会跑了，他的生活还没有被打断，生活并非由点点滴滴组成，可以感觉到生活的一切。当他跑步的时候，两脚向侧面抬起。

夏天，当带他到乡村去的时候，他常常悬挂在我的手臂上，看着草地。

他只会往墙上看，还不会看天空。他慢慢地成长，墙壁里堆放着麻屑，他是从城里的布娃娃身上认识人的。他把娃娃头朝下放到篮筐里，在屋里推拉着。

他开始往桌子上爬。桌子比他高。

小男孩把篮筐拽到桌子旁，爬进里面，可还是不够高，篮筐底朝下。

然后，他把篮筐翻转过来，脸朝着它，屁股坐在上面，四肢着地，再把后腿插到里面。毫无结果：无法站起来。几天后，他终于

1　指什克洛夫斯基的儿子尼基塔（“基吉克”），出生于 1924 年；去世于 1945 年。

学会爬进里面，并爬着来到桌跟前了。

在中间空地，他拿着木棍，打掉所有的东西。现在当他在地板上用手拖拽箱子的时候，随便往哪都能自由爬行了。

他开始同窗户、暖气管子和我玩耍起来。他早晨跑到我这儿，查看一下房间，撕起书来。他在成长着，比春天的小草长得还快。

我不知道他是如何容得下所有事情的。我感觉到他的出色。

他喜欢我的锃亮的颅骨……时间会接踵而至的。

当然，当他长大的时候是不会写作的。

但他一定会想起父亲，想起他的怪异的趣味。

想起那些玩具散发着的气味，想起“木木卡”娃娃是那么的柔软和气鼓鼓的。

而我现在却以另一种方式回忆着自己的父亲。

大大的、秃头顶的漂亮脑袋。温柔的眼睛。狂怒的声音。硬硬的手，厚厚的手掌，我儿子也有着这样一双手。

额头总是温热的。

关于你的父亲之家，即我的家，基吉克，我可以亲自讲给你听。

家里面放的竟是些滑稽的东西。三把藤椅，路易十四世风格。桌子是八条腿的，书架上横七竖八地放着一些书籍，好像火车站里过夜的人一样。

家里没有任何枝形烛台，脚底下的地板已成弓形，天花板上是匆匆忙忙地悬挂上去的灯，钱只够一天用的。

第三工厂

布良斯克火车站附近。沿布良斯克胡同有一栋三号楼。楼门是灰色的，墙体是红色的。

在第三层楼里有食堂，里面可以喝茶。喝茶可以消磨时间。

在显微图片里，当需要把时间分成数以千计的光阴，有时就得借着灯光拍摄星火。

其他的时候里就是黑暗和喝茶。茶并不好喝。如果用胶带拍摄星火的话，耗费的时间非常少。而如果没有废品的话，就不用放置布景，胶带则可缠绕上数个时辰。

然而，日子慢慢地流逝着，演员们在走廊里坐着。他们为了摄影而留长胡须[1]，喝着茶。

摄影棚里悬挂着几十盏用于照明的马灯。

舞台布景是用原木制成的，而电影剧本是预先无数次规定好的。

布景是片断性的，仪器能拍到之处都被凝重地加以处理，四周

1 真实的情节出自电影《奴隶的翅膀》里的片段之一（导演是Ю. 塔里奇，编剧是K. 什里特克列德和什克洛夫斯基，1926）。

还有一些小洞穴。“准备就绪，——导演喊道，——开始。”两分钟的拍摄。操作员们被弧光灯烤着。他们拧拧把手，稍微坐下来。无论是仪器还是操作员都是同一个样子，仿佛即刻要扑到演员身上似的。

如果画面上众灯不是发出抖动的光影。

如果演员们发挥了作用。

胶片会就此收获，在接好画面的篮筐里就会有很多剪辑好的片段。

艾迪·舒伯[1]做粘贴。如果还不成的话，就做剪辑。

美国人也是这样做的。他们的底片更大一些，在洗底片时，玛丽·碧克馥[2]也是躺在篮筐里的，也在食堂里喝茶。

我们的工厂怎样——工厂是正确的。生活如何——它是不走运的。

摄影棚里有三层楼。

在第二层楼里有经理的办公室。

墙角有两个用作道具的镀金的窗间镜——巴洛克式。写字台弯曲成弧形——是一种时髦的东西。枝形吊灯架——则是文艺复兴时代风格的。地板上——是模仿波斯式的地毯。

墙上——一些最才华横溢的导演们的肖像。

而我，为那些被划掉、涂成黑色的地方做着标记。

---

1 舒伯·埃思费丽·伊利因尼奇娜（1894—1959）是当时电影制片厂的一位剪辑员，后来成为纪录片导演。

2 著名加拿大籍美国电影演员（1892—1979）

多想换一种方式来拍摄生活，以使生活的剪辑发生改变。我喜欢冗长的生活片段，还是让演员们去扮演吧。

喝茶的时候越来越少，剪辑工作也越来越少，但我们却依然尽力而为。

跟我一样脸色绯红的经理，在电话里听我说着，同时也跟我说着什么。

胶带有时出错，拍得不尽人意，没有剪辑，影像不吻合，导演评价不好。于是有人会说道："将画片搁置到架子上。"

这俨然就是一种墓地。

在电影饥荒的日子里，在这种墓地里死者是可以复活的。

而在我们的墓地里，死者却永远不会复活。

我们都面临着成为自己时代的商品……不可死去：会有同路人。

经理坐在美国式的椅子上，微微地摇晃着。椅子吱吱地响着。

我想起了维吉尔的诗行：

> 桅杆轧轧作响，南风悄悄地
> 呼唤着我们，奔向广阔的大海。

后　记

请接受我吧，生活的第三工厂！

只是不要混淆我的车间。

就这样吧，为了保险起见——暂时我的心脏还能承受没写完的事情，我是健康的。

它没有被击碎，也没有变得舒展起来。

译后记

赵晓彬

《动物园》和《第三工厂》是苏俄著名文艺理论家、批评家、作家、电影理论家维克多·鲍里索维奇·什克洛夫斯基被称为“自传三部曲”的后两部散文体小说，而此中译本则成为继 2014 年杨玉波翻译并由敦煌文艺出版社出版的“自传三部曲”前一部《感伤的旅行》的两个续篇。虽然两部作品篇幅都不长，但从研读文本到着手翻译，从遇到难以理解的生僻文字到逐字逐句地推敲，翻译工作断断续续也历时一年半之久。

着手翻译这三部曲的初衷始于 2013 年本人获得的国家社科基金项目“形式主义诗学视野下的什克洛夫斯基散文创作研究”。该项目的主要任务就是译介和研究什克洛夫斯基的散文创作。什克洛夫斯基一生笔耕 70 载，文学活动基本上可分为文艺理论研究与文学作品创作两大类，并在这两个领域都有累累硕果。而什氏的散文理论与散文创作，也是你中有我、我中有你，不愧是一位集理论创新与实践验证于一身的卓越的语文学者。什克洛夫斯基以斯拉夫民族特有的深厚思想和高超的文学感知力撰写出了一系列散文性文论和文论性散文作品。俄国学者伊拉克利·安德罗尼科夫在什氏三卷本文集的出版序言中指出，“什克洛夫斯基有着非凡的才华，他是我们这一世纪最不同寻常的、最具有独创性的作家之一。”我国学者刘宗次在译著《散文理论》中也说过：“什克洛夫斯基的思想在艺术的迷宫里漫游时，更喜欢不时发出耀眼的闪光，而不愿成为能照亮某种坦途的明灯。”

我们知道，十月革命后，苏维埃建立起了无产阶级政权，新政权面临的艰巨任务就是让一切重新开始，社会需要的不是“对历史的记忆”，而是创造新的历史；作家关注的不是“具体的个人”，而是“国家、人民、阶级的整体力量”。所以传记文学一度处于“被冷落的地位”。由于形式主义学派关注艺术创作的内在规则，关注诗歌和散文的文本诗学，关注手法和风格嬗变的历史规律，其代表人物及其新的诗学主张不可避免地遭到旧的学院派文史专家和苏联意识形态部门两方面的愤怒攻击，于是刚刚开始的意趣盎然又颇有前景的集体研究以式微而告终。在20世纪20—30年代的苏俄文坛，传记文学开始蔚然成风，传记文学研究也占据主导地位，一些形式主义文论家们也转向了传记乃至自传和回忆录文学的创作。什氏的自传三部曲、艾亨鲍姆的《涅克拉索夫》《安娜·阿赫玛托娃》和《莱蒙托夫》，以及迪尼亚诺夫的《普希金》等就是在这一时代不约而同地诞生的。其中，什克洛夫斯基的自传体小说、历史传记和人物传记等散文创作引起了广泛关注。什氏在评论《名人传记》丛书时说过，“传记的成功首先取决于选入书中的事实和分析的方法”。纵观什氏一生的创作，其创作体裁繁杂多样，但传记文学几乎占其总创作量的四分之一左右，而自传体小说又是其传记文学最重要的体裁之一。什氏对于传记文学情有独钟，这成为他对自己心路历程和社会历史文化变迁的真实记录。

《感伤的旅行》(1923) 和《动物园》(1923) 都创作于柏林时期，前者讲述作家在俄国革命和内战中经历的残酷战事及其流亡命运的文学回忆，后者是作家本人向文学界公然宣布自己流亡时期的日常生活及单相思爱情的书信小说；而《第三工厂》(1926) 则是什氏回到苏联后对自己童年至现代生活、文学史事的碎片性回溯及颇具个性化的感悟及以陌生化手法写就的文学回忆录。这些作品都以自传方式记录了革命、战争及新旧政治文化更迭时期作家本人的多变命途及艺术家创作的不自由境遇，表达了作家对形式主义同人的深情缅怀和恢复自我个性的无奈希冀。

本书是什氏三部曲中后两部《动物园》和《第三工厂》的译本合集。《动物园》是由 34 封情书组成，其中包含回忆、政论、文评、抒情、哲理性思索等多种体裁，内容丰富、手法独特。在这部作品中，作者是一位与心仪女性通信并编辑成书的恋爱者，讲述了其在流亡阶段单相思式爱情及对俄国知识分子命运的抒情感悟。书中男女主人公分别是俄国作家和他所钟爱的俄裔法国女作家艾丽雅·特里奥莱。该书的内容本是什氏与艾丽雅在柏林时期的私人通信，但最终二人决定以书的形式署名出版：他的名字写在扉页上，而她的名字则写在献词里。俄国著名的文学批评家，什克洛夫斯基的学生Л. 金兹堡，在 1928 年的记事簿中认为该书是作家遵循形式主义方法而创作的“我们时代最温柔的一本书”。

而在文学回忆录《第三工厂》中，什氏在记述亲情、友情和爱情等日常生活的同时，则更加意喻深刻地表达了自己作为一代知识分子对文学前景和祖国命运的堪忧之情。所以，《第三工厂》不是一部简单的生活传记，更是一部有着深厚底蕴的文学传记，作品中艺术和生活、审美和非审美被巧妙地融合在一个层面，做到了生活中有文学性，文学中有生活性；此外，作者还有意地把一些文学理念嵌入到传记描写中，使文学描写夹杂着理论诉求，理论构建建立在文学审美之上。什氏一方面感悟人生、感慨时运不济，另一方面又试图通过书写自传来恢复一个语文学家对于其艺术使命的追求和誓言。

正如俄国专家加丽娜·罗曼诺芙娜·罗曼诺娃在本书序言中所言，“翻译者所面对的一个难处：这就是构成什氏主要风格特点的比喻”。的确，什氏的自传三部曲，体裁独特而陌生，有着“散文体小说”“语文体小说”“元小说”等称谓，同时创作上具有陌生化手法，极富隐喻色彩，所以翻译起来十分困难。在翻译《动物园》和《第三工厂》这两部复杂难懂的作品及其他作品之际，译者不得不埋头钻研作者的创作背景、社会历史和文化背景，分析什氏艺术小说中极其复杂的“链接的迷宫”。在此，我们必须向给我们写序言的俄国语文学博士加丽娜·罗曼诺芙娜表示感谢。她在翻译过程中给予我们很多帮助，耐心地向我们解释了文本中一些“晦涩难懂”的地方，使我们在翻译这部完全陌生化的小说之际，边译边学，像啃骨头一样，终于完成了这两部作品的翻译工作。这两个译本连同杨玉波博士的《感伤的旅行》译本，只是我们研究什克洛夫斯基的万里长征走完的第一步。面对什克洛夫斯基浩瀚的文学理论篇目和文学创作篇目，我们深感任重而道远，也真切希望国内更多的同人关注这个课题，携手尽早将什克洛夫斯基的作品集译介给中国读者。我们会恪守蚂蚁啃骨头的精神，乐此不疲地沿此路不断跋涉，继续推出更多新的译作，为国内广大读者、研究者了解什克洛夫斯基的创作全貌贡献自己的绵薄之力。

2015 年盛夏